CAO TANG

有温度有质感的大唐风骨
有颜面有尊严的当代诗歌

顾　　问　黄新初　吉狄马加

主　　任　梁　平　宋　凯
副 主 任　张新泉　李　怡
编　　委　尚仲敏　姜　明　陈海泉　赵晓梦
　　　　　凸　凹　彭　毅　李明政　千　野

主　　编　梁　平
执行主编　熊　焱

副 主 编　李海洲（特邀）
编辑部主任　桑　眉
美术总监　宋　早
责任编辑　程　川　蔡　曦
发稿编辑　李龙炳　余幼幼　张晚禾　吴小虫
责任校对　蓝　海　安　素

出版发行　四川文艺出版社（成都市槐树街2号）
网　　址　www.scwys.com
电　　话　028-86259287（发行部）028-86259303（编辑部）
传　　真　028-86259306
邮购地址　成都市槐树街2号四川文艺出版社邮购部　610031
印　　刷　成都市新都华兴印务有限公司
成品尺寸　185mm×260mm　　开　　本　16开
印　　张　6.5　　　　　　　字　　数　160千
版　　次　2021年08月第一版　印　　次　2021年08月第一次印刷
书　　号　ISBN 978-7-5411-6040-0
定　　价　15.00元

投稿 / 联系邮箱：ctsk2016@126.com
电话：028-61352760/86640163
地址：成都市锦江区书院西街1号亚太大厦7楼草堂诗刊社

图书在版编目（CIP）数据

草堂.第60卷 / 梁平主编.-- 成都：四川文艺出版社，2021.8
　　ISBN 978-7-5411-6040-0

Ⅰ.①草… Ⅱ.①梁… Ⅲ.①诗集 – 中国 – 当代
Ⅳ.①I227

中国版本图书馆CIP数据核字(2021)第097057号

Contents
目录
2021-08（总第60卷）

[封面诗人]_4
荣　荣_喜欢，自然深爱（组诗）
荣　荣_看花
王彦明_"灯光照着不可描述的人间纯洁"
　　　　——读荣荣组诗《喜欢，自然深爱》

[实力榜]_19
李志勇_高山上（组诗）
梁积林_眼　神（组诗）
夜　鱼_让青春消失得高贵又艰辛（组诗）

[非常现实]_32
曾　蒙_亲人（组诗）
笨　水_仰望与垂首（组诗）
汪　峰_他用一节电线移动天空（组诗）
刘　春_空空荡荡（组诗）
赵　琳_这些疾病相连的人（组诗）

[最青春]_45
师　飞_生命简义（组诗）
周　簌_忽而不见（组诗）
紫凌儿_秋辞（组诗）

刘建利_来石头里找一首蝴蝶的歌（组诗）
范丹花_每一个身体都积满雪痕（组诗）

吴虚谷_霜降（外一首）
一　羽_有鸟飞过（外一首）
语　冰_食物链（组诗）

[大雅堂]_56
马　行_西部谣曲（组诗）
李洁夫_我的爱不紧不慢正好一生（组诗）
南　马_致敬维特根斯坦（三首）
马　兰_礼物（组诗）
吴定飞_马的故事枝繁叶茂（三首）
孤　城_流云与野花的秩序（组诗）
王　妃_从镜子里获得勇气和喜悦（三首）
王兴程_关于海的历史（三首）
王　峰_云上的夜晚（组诗）
王菊梦_灰裙子（组诗）
易　杉_荷要带你回家（外一首）
沙冒智化_日落之处
简政珍_忆（外一首）
林　荣_我们是比她更孤独的人
范朝阳_做自己的上游（组诗）
金指尖_灯笼河草原（外一首）
张　伟_列车（外一首）
千　代_南方（外一首）
钟　硕_有寄（三首）
邹　进_古陶片散布遗址（外一首）

[中国诗家访谈]_79
李亚伟 VS 吴向阳_诗歌肯定是我人生的一部分

[诗歌地理]_90
·《草堂》走进温岭·"温岭教育作协"小辑·
阿　根　阮更超　李　虹　麦斜人
赵佩蓉　牧　童　解　忧　觉　点
胡不归　李轶贤　刘新文　依　兰
艾　草　梅　子　赵文斌　丁海明

[子美逸风]_101
李永康　葛　勇　何　革

封三　绘画/《野望6》张月瑶
　　　诗/《主角》梁　平

封面诗人
Featured poet

Cao Tang

喜欢，自然深爱（组诗）

◎ 荣 荣

[一场告别]

一场告别，可以如此简单：
比如看他穿过酒店长廊，
在几杯酒里走得歪斜。
比如他回头，她仍在长廊尽头，
孤立，一动不动。

这之前遗留的现场是：
客房长条桌上无序摆放的
服务册、速记本、戴过的口罩与烧水壶，
二十几只烟蒂在水晶烟缸里挤挤挨挨，
两只白茶杯相距四十公分，
正好是一把椅子与沙发的距离。

这让他们相顾无言时，
他能看清她暗藏的窘迫和坚持，
她能望见他眼里时而黯淡时而烂漫的星星。
如果愿意放纵，也能有一场对视，
挨着的鼻尖接通一条黝黑的隧道。

还有半明半昧的灯光，
曾照着他们勉强保留的外在清白和
不可描述的人间纯洁。

[遗存]

这也是陷入的方式,
不是在一杯酒里回不过神,
就是在一场梦里醒不过来。

在那里,她也许是干涸的,
酒是柔水滋润。
在那里,他也许是虚无的,
梦是肉身充盈。

现在,她归来了,
"我无法给你我的最初,
至少让你为我画个句号。"
但凡想起,她的嘴唇就会闪烁光的碎屑,
她知道,这是人间之爱最后的遗存。

[过]

像一篇逐字读过的文章,
当初的惊艳仍在,感动仍在,
他与她已互为白驹过隙。

曾爱她的任性,过头的豪迈。
曾爱他过人的缱绻,包容,
也许还有些过多的体谅。

"我爱过你。"现在,中间的过,
横,竖钩,点,点,横折折撇,捺,
是过失,是过错,是过分。

一场经过,就是路过一个花园,
他们同时停下来,张望,犹豫,
这是必需的过门,同走一条长长的过廊。

同时起步的俩人,很快,
一个跑过头了,一个仍在原地,
出线的总是那个跑得过快的人。

认真的爱,就是过家家,
其中的童真让人迷恋。回头亲吻
不在,谁还在过问谁的无语凝噎。

一场罪过。这是有心之过。
寒风招摇过市,寒冰藏于过往。
她在暗处疗伤,他是否也会忏悔或赎罪。

一场过去的爱,初起时美在得过且过。
现在,亲过抱过的身子,全是遗产。
也有遗言:爱过不如错过。

[微茫]

他们曾挨得如此近。
只要回头,我会再次看到,
他们脱下的肉身在暗中并列,
亲热又疏离。

仿佛两块摩擦生火的冰,
或者两团火,在制造灰烬。

仿佛仍能相互消磨,
在时光那只笨重的磨盘里。

仿佛谁也不曾抽身离去。
或者反复出现,在邂逅之前。
那样多好,他们仍来得及
相互回避或视而不见。

[任 性]

她的任性只在想象里，
那里清风是你，明月是你，
缺失的风景也是你。

为什么还能呈现真实的颜色？
仿佛回到不一样的庭园，
开一朵花，结一个果。

为什么还能飞，不停地起落，
禁锢于一个狭隘又顽固的
早被预设的内心边界。

更多时候她的任性还是一块斑驳的
圆石，被日常的油盐反复煎煮，
而你，一直停在远远的人间。

[全 程]

她的多情不被允许。
她等待的祝福，也永不会来到。
只有被篡改的记忆，一本写坏的书。

令人心疼的女子，
一次次轻易地交出自己。
她有重复的煎熬，疼痛，
她有重复的绝望。

我从头目睹她孑然一身又
命系一线，这次是一场逃不掉的疾病。
但又会有什么不同？

只有蜷缩着的孤寂。

"没法回头了。"
她说："这是最后的重复。"

[在恩钿月季公园]

花随步移，是风姿在移动，
是绰约，是你所能想到的绽放之美，
它们全在这个花园里安身。

每个前来的人，心怀芬芳，
寻花不问柳，只问月季。
花开无须折，只为闻香。

顺便问问栽花人，
顺便向栽花人借个影。
铜像有点冷，笑容端庄且暖，
顺便敬仰一遍两遍，不够再重复一遍。

也可以来点考究，
比如文学与一朵花之间，
隔着几个比喻？
比如从单纯的欣赏到为之献身，
得添加多少热爱？

还可以想象，一个娇软之躯，
如何耐心地松土、剪枝、浇水、施肥，
如何扦插繁殖，让一种花品，
冠上中国之最，世界之最。

然后去花屋里喝一杯花茶，
小口小口地，将这个尘世再爱上几回。
然后去众花里认下一朵，一朵就够了，
像认下心里花瓣叠合的那个怀抱。

[览亭眺远]

当整个湘湖无所顾忌地向我敞开,
那一刻,我尽力收住粗重的呼吸。
我怕我内心的暮霭和晦暗未明的打量,
怕年深日久的颓废,
污浊了那份广袤与银亮,
还有环湖那大片如同没有四季的葱绿。
若一生能明明白白地活成一个真相,
我就能一寸寸地小心还原:
初见时的容颜,若有若无的真心,
那一刻,它们如此虚幻却必须
为我存在或假装存在,
就像我仿佛拥有过山河锦绣,
那里碧波为我千顷,青山为我历历,
烟光依稀里,我撞见过世上最真的怀抱。

[候机读谷禾诗集《世界的每一个早晨》随记]

那人离开了日常,又深潜其中,
他遥远的凝视,等同于内部细碎的闪光。
如此宽厚——爱泛滥着,筑起慈悲的界限,
人生的飞沙走石,是一只咆哮的老虎,
只适于警示和放逐。

从乡村的背景上看,
那人贴着现实,又在时空长廊里出没,
他的温情更像是妥协。
顽强的疼痛,自有时间的脉络和根系,
甚至一场又一场分开冷暖的飞雪。

此刻,越过候机大厅巨大明亮的玻璃幕墙,
我看到那人久坐在黑暗中,
他的抒情里安着一个揿亮世界的开关,
我将与这些文字一起,
静候"啪"的一声脆响。

[毛乌素沙漠]

一

年少时,她曾迷恋过你的荒芜,
干燥的风是她,低矮的沙棘是她,
沙浪上的起伏,也是她。
这是想象中的陪伴或牺牲。

为什么改变?似乎突然就湿润了。
突然就丰盈了。突然就美了。
起伏的绿和树荫,
全是眼下甜蜜的路径。

允许她露出一点委屈,
允许你给她带来的击打。
伟大的自然,从来都是恶劣的少年,
有时沧海,有时桑田,
她得准备多少芳心,才可以相应错付?

二

为什么改变?
你干涸的身体,需要一片大水,
需要电闪和雷鸣重重地唤醒。
需要梦境,那里有一杯酒,
让时序错乱,旧日重回。

为什么改变?
你荒芜已久,太需要充盈与爱抚。
需要慢慢地绿,
一点一点地,围拢众多的沙粒。
需要慢慢地花开,
一点一点地,让沙蒿匍匐着,
深入并向下,找到根深蒂固的亲人。

三

于是我认识了这些沙地植物:
矮个子的沙柳,在狂风中驱赶着黄蛾;
大咧咧的梭梭树,随意扭曲它浅灰色的肌肤;
花棒捧出紫红色的花冠,
柠条献上盐碱味的汁液。
我认识了小叶杨,沙枣,樟子松,紫穗槐,
这些植物界的骆驼,卧遍每座沙丘。
我同时也认出了我的爱慕和惊羡,
它们也像无数浪荡的沙子,
在你每一片绿强劲的根茎处,
定下心来。

[她爱他所有的当初]

她爱他所有的当初,
他的磊落,他的万事在胸,
他揽她入怀又伸手拍摄,
让整个夜街的灯火全成为背景。

她也爱他的用心,
喜欢,自然深爱。
花树下,他们共享一个比喻,
快乐像这样像那样,
如此的乐同样如此的快。

那里,她可以娇小如甜点,
或是白月光,睡前故事或热奶。
她可以要求这样要求那样,
她可以停留,昨日重回,
看时间一圈圈慢慢褪去他的身影。

一个且行且远的原点,注定跑偏的剧设,
像身体磨损,容颜更替。

暗中那瘆人的撕裂声无人听见,
她仍爱着,爱所有的悔不当初!

[残 菊]

那张脸在眼前晃动着,
整个虚空映衬在背面。

在静坐的午后,
突然出现的影像,
仿佛藏着无尽的过往。

是谁?有怎样的名字?
隐约的笑容像风过水面,
又有更深的纠结潜于水底。

细碎的波纹在心里漾开时,
我看见了一朵残菊。

肯定,我肯定又遗忘了什么,
记忆是个好东西,藏得深了,
自己也无法轻易找到。

[会展广场的午休时分]

这是一天里的边角时间,
那些闲聊者,漫步者,散坐者,
全是写字楼的方块里游离的笔墨,
零碎在会展广场午休时分的恬淡里。

也有激越的,比如那人,
仿佛被整个世界辜负,
将手机甩在地上又踩上几脚。

这是它零碎里的尖锐部分。

也有小言情。有人神情落寞,
内心的斑驳总是太过飘摇的犹疑。
下一刻他会不会阴转多云,
在即刻现身的女子几句软语里。

我将手插在衣袋或背在身后,
顾自走着。看那个园丁又一次
拉出细长的塑管,他在浇灌。
看那名红衣女子又一次对面跑来。

阳光落在她的跑与漫天喷洒的水雾上,
它们都在缠绕,我的走也穿行其中。
此刻,广场上所有无深意的零碎,
都如台阶错落,小径浅白。

看花

◎荣 荣

一

那人骑在马上，看到美娇娥站在桥边，哇，真正是"眉如初月，目引横波"。她手拿着一朵花，放在鼻子前闻着，小心掩藏好豁口，不想让马上的俊人儿看到。而那人下意识地将微瘸的腿往马肚里靠，他也在掩藏。他俩都想成全这桩好事。

细想一下，我们就能发现，普通日常画面里的隐喻。每个人外在的缺陷，何尝不是奔赴幸福的陷阱。这缺陷长在无法自我圆满的灵魂里，不能拔除，什么时候冒头了，被窥见，就成了一把刀。

这是俗人的世界。所以，觉悟者少之又少。

二

令我敬仰的名人也有小儿无赖时。有时读他们的文字，忍不住笑。真敢写。

比如读朱自清的《看花》，里面说到他高小时曾跟着一大帮孩子去吃桃子的事。他们是想去白吃的。白吃的理由是："我们那里的中学生却常有打进戏园看白戏的事。中学生能白看戏，小学生为什么不能白吃桃子呢？"于是一帮小孩子浩浩荡荡奔赴城外某寺吃桃子去。可是他们不懂时令，动念时恰好春天，只看到了一园的桃花，大伙儿因此很丧气，也很生气，结果一园的桃花便遭了殃……

很久以后，当他写这文章时，还在遗憾，错失了看桃花的机会。

而我看那段文字时，冒出的念头是，那时的中小学生胆够肥的。以前还觉得人心不古呢，看来也不全是那样的。说不定那时的熊孩子比今天更多⋯⋯

三

出来混迟早要还的。这句话有时候指向的不是人生之重，而是一些日常的轻喜剧。

比如与各式朋友随性相处，名曰放松。放松的方式自然是俗人式的，无非喝小酒吹大牛加打牌K歌。

老来多忘事，再见到面熟的人，最怕从他(她)脸上看到一些别有意味的东西。坏了，以前肯定一起干过什么，都干过什么？

于是问：我们一起喝过酒？

喝过。

看那人表情还有内容，又问：再没干过啥了吧？

那人笑：还打过牌。

那人似仍没剧透到底，再问：难道还干啥了？

那人笑声大了：没了。吓你的。就这些了。

还好还好。

问那人都谁与我打牌了，说只记得我一个。

得，感情一起拔萝卜的都跑了，就揪了我。敢情我就是那个拔萝卜带出泥的人。

四

"你未看此花时，此花与汝同归于寂。"

"你来看此花时，则此花颜色一时明白起来。"

王阳明的意思是你不看花，花开不开与你无意义。

我不记得初次见你时你的模样了。你说过什么话，我们有过什么交集，我毫无印象。直到那次我无助地站在风中，你递来你的外衣。你在我眼里突然生动起来，像一朵绽放的花。

好吧，我觉得你我快乐的日子应该从那一刻算起。而煎熬的日子也从那一刻开始计数。

我们已多久没见了？半月？半年？半世纪？

快乐的时候，我是一角天空，你是任性的飞鸟。

煎熬的时候，你是远方一小片透亮的水域，我是那条注定搁浅的鱼。

五

在南方某地，我在一条狭隘的马路上走得狭隘。

肯定不像一条绝路，肯定是一条有远方的路，201路公交车轰轰地开过。夜已晚，行人只有我。我的脚步在浓重的夜色里迈出了更多的不踏实。我路过一家洗衣店，一家音响店，两家早餐店。我路过一所小学校，后来又路过一家水产医院。那医院的门柱上写有"出售鱼药消毒水"字样。

稍微抬眼，我就能看到不远处居民楼里的灯火。那是安静的安分的光亮，在一大片黑里亮得像某种救赎。我继续行走在狭隘的马路上，有一刻，我觉得我应该这样走到天亮，想到狭隘的路，似乎与我人生的路径很贴合，我就觉得这样的走里面，隐着什么东西，这让我下意识地认为，下一步，就在下一步，我就会得到一个答案。

什么也没有。

后来是被机械的走耗光耐心。我往回返了，我终得回到我今夜的歇息之地。那些被我路过的，又依次路过一次。再一次看到水产医院上的推销广告时，我想到有一条鱼病了，要在这里领药。我想说我就是那条鱼，可惜门关着，我也意识到我不是鱼。

我不是鱼，我只是有一点干渴，有一种类似于一条鱼蹦上陆地的焦虑，或者只是由某种文字的低气压里养育着的一朵闲花。

六

一朋友在江边吹风时，收到友人微信：想你了，我去找你抽支烟。

那人真的开了两小时的高速，找到了等在江边的人。没说啥，就在风中对着火抽了两支烟。又开车走了。

人生多的是无语。无语里有大无奈。

能外出吹吹风是幸福的。

七

话语权一般总是掌握在少数人手里，体现这句话最好的事例就是开会。

开会的时候，很少的人坐在主讲台上，对着话筒，他们的话增加了十倍的音量，仿佛也增加了十成的权威。

很多的人勾头缩颈坐在台下，谁也不会注意他们的表情。

如果说开会像是一篇文章，主讲台上的人，就是关键词、实词，台下的人，是修饰词、副词，而机械地穿梭会场，不停地倒茶水的服务员，则是形容词了，她们年轻姣好的身段，是沉闷会场里的亮点。

有幸坐在会场里的诗人呢？却感觉自己是多余的词或者就是一个感叹词，他总想把自己从那些大有堆砌之嫌的关键词、实词、修饰词、副词、形容词之中删除。因为，在这样的场合中，多余的总是感叹！

八

那天是哪一天，我路过一座茶馆，双腿被里面传出的一首歌绊住了。传出的音量虽然轻轻的，我还是听得清清的，那是一首我并不陌生的《怎么办》，是蒋山唱的："怎么办，日月山上夜菩萨默默端庄，怎么办，你把我的轮回摆的不是地方。怎么办，知道你在牧羊，不知道你在哪座山上，怎么办，知道你在世上，不知道你在哪条路上。怎么办，三江源头好日子白白流淌，怎么办，你与我何时重逢在人世上……"

我知道我迈不动腿是因为一时间心里又乱了，那些沉积于岁月里的五味杂陈，轻易就被一首歌搅起。那里面传递出的人生况味如此苍凉，思念如此空旷，无边无沿的怅茫，让重复的追问满世界找不着亲人。

人生有太多的分离，所以重逢成为很多人内心的执念。因为重逢无望，相见这个执念，就演化出了各式各样非现实的方式。

比如这首《怎么办》，让我看到了几张故人的脸，如此真切，有的亲切，有的生动，有的无奈，有的漠然。他们明明早已走远，却又会在不同的场景不同的情绪里，有时就在一首歌里突然冒出来，伤感袭人，猝不及防。

也可以在一首诗里相见，这也是诗歌虽被边缘但仍没被淘汰的缘由。那样的相见是"千里共婵娟"式的遥望，是"十年生死两茫茫"的凄凉，是"想起一生中后悔的事／梅花便落满了南山"的追悔，也是"寻寻觅觅，冷冷清清，凄凄惨惨切切"的失落。

也可以在书里相见。那些故人在故纸堆里醒着，说着话，人间的智慧在其中闪闪发亮；那些故人在字里行间行走着，他们的故事、传说与身影，如此清晰传神。

更多的是记忆中的相见。我们一次次在记忆里重回旧时光，让昨日再现。那些旧的人与物事，熟悉而疏离，却令人深深沉浸。那时的我们恰若置身于四度空间，心甘情愿地被时间这个魔术师操控着。纪伯伦说："记忆是相见的一种方式，忘却是自由的一种形式。"但是，重情的人，不由自主地待在记忆的囚笼里，如何能得到忘却的自由？

是的，我们要相见，不要忘却。

九

朋友约我写个五六百字的写作心迹，不知怎么的，突然想起那年十岁的儿子曾念给我听的笑话。

说的是精神病院的医生为了确认一个患者是否康复，询问他出院后想干什么？那个病人说："拿一块石头，把医院的玻璃窗全砸了。"

又一个治疗期后，医生问他同样的问题，病人说："出院后找个工作。"医生听了很高兴，便接着问下去，病人的回答依次是："找个女朋友。""结婚。""洞房。""把新娘的衣服脱了。""把新娘的裤子脱了。""把新娘的短裤脱了。""然后把短裤上的橡皮筋抽出来，做一把弹弓，把医院的玻璃窗全砸了。"

那时候儿子非常喜欢一种叫"爆丸"的玩具，生日礼物也想要这个。那天他同我一个朋友的对话与上面的笑话也有些异曲同工，当时我们闲说到私房钱，一旁的儿子接过话头，说以后他也要有几十万私房钱。问他要那么多私房钱干什么？他说："买爆丸。"

病人治好了，就不跟窗玻璃有仇了，儿子长大了，也不会再爱爆丸。但是我之与诗歌呢？

年轻时想写好诗，现在仍想写好诗，以后估计还想。以佛家的眼光，这也算是一种执吧，与病人砸窗和儿子买爆丸也没什么大不同。只是年轻时的诗写与现在的诗写性情已不同。年轻时行事草率，为此生活回馈了我几多坎坷。看别人过得清静和美，对自己说：坎坷也好啊，多点感慨好写诗。

现在相对安稳了，突然觉得平静人生的开阔。认识到，若没有足够的境界，苦难只会使人狭隘。如今正是秋天，若按人生时令，我也早算是入秋的人了。秋天是最开阔的季节，那是一望无际的收获后的田野。秋行秋令，我对自己说，写作要进入晚年了。晚年写作，该有一种相对开阔包容大气的景象吧，即使看同款颜色的花，较之春夏，也当不同。

"灯光照着不可描述的人间纯洁"

——读荣荣组诗《喜欢，自然深爱》

◎王彦明

一

所有人的写作，几乎都有一条隐秘的暗线，串联着时间、技艺与精神向度。就荣荣的写作而言，这条线可以观照到辛弃疾、聂鲁达及俄罗斯白银时代诗人群体；而在题材层面，她的写作是驳杂而充满生机的，固然爱情的言说一直贯穿其间，但是由此生发出的对个人精神的审视、对时代症候的省察、对传统精神的复归，都是值得我们反复体认的。沈苇认为，荣荣的写作过程是一个从"尖锐"到"和解"，从"挣扎"到"省悟"，免于陷入虚无的泥淖，不断走向成熟和开阔的过程。当是确论。

写作进入到一种"大自在"境界而返璞归真，除却年龄与阅历的影响，个人所求同样不容忽视。在一次访谈中，荣荣说："有时候也会开玩笑或者赌气地说，我将辽阔让给你们，我独守我的一分真二分温柔三分小。"退身向后，并非示弱，而是以退为进，回到自我的一隅；"辽阔"有时候反而是一种逼仄。这种抉择基于个人经验，展示了荣荣非凡的洞察力，她明白写作的空间只要与生活对接，就会变得开阔。此时一隅就会"别有天地"。

荣荣所谓的"真"，就是要将写作退回到生活层面，从生活之中汲取力量，谱写个人的生活史，进而构建个人的价值谱系；而她所谓的"温柔"，是要回归女性身份，探寻有别于男性的书写空间，尽管荣荣的作品曾被陈仲义视为"真挚粗放，有男性化特点"，但是纵观荣荣的写作历程，她从未放弃女性身份独有的力量，2014年出版的诗集《时间之伤》就取材于更年期女性的身心精神，这是敏感的女性诗人独特的"创造"；而这里的"小"，就是放弃大而空洞的抒情，与"真"对接,在具体琐碎的事物中，寻找美好与诗意。"我的现实是另外一种，它是大众的、普遍的、卑微的、无常的,有些戏剧性甚至还有些荒诞。我相信，我所说的现实，这是由恒河沙数之多的小人物的命运组成的。"

相对于其他女性诗人，荣荣的"温柔"是独特的，是恣肆的，是随性而洒脱的，摆脱了小家碧玉式的精致，拥有江湖儿女那种洒脱和自得。这种语言的敞亮既是个人阅历的影响，更是性情的外显。仅此，荣荣就足以成为新世纪女性诗人中的独特存在，她细腻不失爽利,温婉不失通透,阅尽人间百态,始终未曾丧失那份天真。

荣荣试图以诗"抵御掉日常的平庸与琐碎",同时又深深明白诗"生发于日常的平庸与琐碎",在这个吞吐消化的过程中,超拔乃至峭拔的意义得以显现,情感正是在变化中上升,语言在转换中刷新,诗意因超越而独步。在情感的迂回、校正和探寻中,她的诗将生活之中幽暗的部分照耀得明澈、清晰,增加了完整性、光芒和人性的温暖。她的目光探向那些普通的、底层的、不幸的人身上,写到了邻居、祖母、妹妹、钟点工、疯女人、出租车司机……而切入的却是现代人身心困境。她饱含深情地凝视万物,为世界保留了一份美好与珍贵的希望。

其广受好评的《一个疯女人突然爱上一个死者》,就是以"疯女人"的非理性视角、独白式的戏剧化语言表现了女人对爱情的理解和寄托,与之形成呼应的是她的《过错》,表达的是"一个缘于完美的毁灭者的内心呼号",那种飞蛾扑火的赤诚就是一种爱的复归与召唤。这两首有着明显的差异,却都让我们在这个消解深情的时代里,感受到了传统爱情的炽热。即使是《钟点工张喜瓶的又一个春天》这样承载痛感的作品,我们也可以在细节中,感受到那种对底层人民关爱的目光。在这个意义上来说,荣荣的诗有母性的光芒,照耀着这个有些裂痕的世界。

二

仅从题目来看,"喜欢,自然深爱"呈现了一种简单的爱情伦理,当然视为一种精神趋向也未为不可。这里的逻辑是非常微妙的,"自然"来得过于急促,甚至省去了一个深入的过程,直接抵达了情感的巅峰。我们可以在这种逻辑里得到一种直接的欢愉,这种撇去暧昧关系的纯粹,忽视了物质、经验和秩序,而直接表达为一种朴素的情感。

不可否认的是,情感的复杂性,人心的复杂性,不是一个词汇就可以恰如其分地盖棺定论。"暗中那瘆人的撕裂声无人听见,/她仍爱着,爱所有的悔不当初!"(《她爱他所有的当初》)如果《过错》是那种情感的喷射,有赴死的决绝,这里的情绪就是暗流涌动,在词语的内部衔接着心绪的转移。这是时间在诗意上的刻舟求剑,由此产生的焦虑、怨怼、不满、悔恨和无奈,依然化解不了深情,"爱所有的悔不当初"是在摧毁的前提下叠加,是负负得正,是要毁灭逻辑和秩序——显然,爱是没有道理可讲的。当我们再回到这首诗的题目《她爱他所有的当初》,就已经可以感受到背后的包容与珍视,而这种情感的时间性,总是充满落差感,当时的温情脉脉,当时的深情、快乐、甜蜜,在现在只能是"一圈圈慢慢褪去的身影"。这种黯然是火焰的消失,是黑暗的降临。

荣荣有很强的时间感,除了表现为物象的转换,情感的迁移也是一种呈现方式。我们习惯在今昔、虚实里进行对接,荣荣的"昨日""当初""过往"有深深的当下焦虑与期许。这种复杂的情绪,是"时间之伤",也是热爱的余烬。"一个且行且远的原点,注定跑偏的剧设,/像身体磨损,容颜更替。"(《她爱他所有的当初》)也许想象的修复术可以还原面孔,甚至记忆可以剔除许多糟糕的记忆,但当下的纠结却越发深重。像《残菊》这样的作品,就是在物象与心境的对接中,形成了对时间的触摸。"残"和"菊"都有很深的时间性,"菊"带有的引申属性,"残"带有的时间割裂感,把记忆打碎、混淆,乃至丢失。"细碎的波纹在心里漾开时,/我看见了一朵残菊。"这里向前推进的"细碎的波纹",是捡拾、模拟、拼贴和还原的过程,不可避免的还有篡改和遗弃。

消解和凝结,在荣荣的作品里,表现为一种反向互助的作用,遗忘意味着深刻,深爱传达为怨怼,卑微转述着深挚,错乱体现着清晰……爱情的逻辑就是如此繁复。"此刻,广场上所有无深意的零碎,/都如台阶错落,小径浅白。"(《会展广场的午休时分》)"无"和"零碎"肢解了深情,诗句却在轻巧的节奏转换里,透露了内心的欢喜。"她的多情不被允许。/她等待的祝福,也永不会来到。/只有被篡改的记忆,一本写坏的书。"(《全程》)词语进行着碰撞、抵牾,情感一再降低诉求,这种示弱何尝不是一种深情。就像"她的任性只在想象里"这样的诗句,在限制之中,压制了深情,却释放了万千委屈。

荣荣从来都是一个在场者,她讨厌那种遮着面具的不爽利,她的声音回荡在内心的剧场。她的独白、低语和对话,都是在具体的情景中,炽烈地、真挚地、痛苦地展开。偶尔那些对白也会忽然跳脱一下,形成新的局面。"我无法给你我的最初,/至少让你为我画个句号。"(《遗存》)这一处直接引用,却写出多少人世间的悲欢离合。在这一组诗中,荣荣转换了视角,从最初的直接抒情者转换为了对他者的观察,即便如此,她的抒情依旧有一种不容置喙的执念。"她有重复的煎熬,疼痛,/她有重复的绝望。"(《全程》)她的反复就是强调,就是确指。偶尔她的抒情还交叉在情境的叙述之中,"为什么还能飞,不停地起落,/锢于一个狭隘又顽固的/早被预设的内心边界。"(《任性》)那种架空的"任性"总是来自期待着的幻想和预设之中,在彼此的钳制和撕扯间,若隐若现。

可以说,爱情诗在荣荣的创作中,占据了很大的比例,几乎她所有的诗集中都有,尽显一位女性诗人的敏感与炽烈,那种哀伤而甜蜜的情感,复杂而真醇。她不断转换着视角、表达方式,对过往、当下的心绪进行摹写和传递,她建构了一种爱情美学范式,而此种建筑烘托起来的却是一种人生经验之上的人生态度。"还有半明半昧的灯光,/曾照着他们勉强保留的外在清白和/不可描述的人间纯洁。"(《一场告别》)明与昧、内与外的渲染和氤氲之间,写作者的真诚和精神秩序都显现了出来。

三

如果说,"勉强保留的外在清白"暗含了一种情境的还原,"不可描述的人间纯洁"则体现了荣荣情感的价值建构,我认为"半明半昧的灯光"可以视为氛围的营建,体现了外物与内心的呼应关系。我愿意放大一点,将这"灯光"扩展为荣荣写作的技艺,而照耀的则是她所有的深情。就像前面我谈及的,荣荣的写作已经抵达返璞归真的"大自在"境界。她的写作呼应了她的视野、情绪、呼吸和想象。但是,同样不可忽视的,还有她的技艺,因为炉火纯青,所以拥有很深的自然感。如果不借用显影的方式,很难发现。

"想象力、表达力和入世之心",是荣荣抛却女性身份,确认的诗歌应该具备的要素。这种"入世之心"是她始终如一的坚持；而她的表达力主要体现在她对词语的把控、对结构的整合和对固有秩序的"冒犯"上。荣荣擅长在结构之中，形成一种韵致。"那里清风是你，明月是你，/ 缺失的风景也是你。"（《任性》）这种重复形成的淡淡爱情与忧伤一起袭来。"那里，她可以娇小如甜点，/ 或是白月光，睡前故事或热奶。/ 她可以要求这样要求那样，/ 她可以停留，昨日重回，/ 看时间一圈圈慢慢褪去他的身影。"（《她爱他所有的当初》）种种假想都是以词语的重复来递增情感的热度，但是在迂回中，又回到了最冷寂的部分。

就像"这样""那样"这一类词语，当然可以增加想象的疆域，同样在表达上也温婉如耳语，有淡淡的亲昵感与亲近感。荣荣就是这样把一些俗词、不起眼的常用词增加了美感、节奏和韵致。词语意义的扩散与压缩，在于作者的调动。在《过》这首诗中，荣荣运用了29个"过"字，甚至还拆解了这个字，体现那种切肤之痛："'我爱过你。'现在，中间的过，/ 横、竖钩、点、点、横折折撇、捺，/ 是过失，是过错，是过分。"这种拆解汉字的步骤和情感历程的转换存在一种暗合，同时也在时间上形成一种延宕，及至最后一句，就更是一个词一个词地切换与深入，从可原谅到不可原谅，背后隐含的是爱情世界里的步步退让与对方的变本加厉。作为一个时态助词，"过"意味着完成；作为名词，则意味着错误；作为动词呢，是过失的过程进行。荣荣几乎调动了这个词语的每一种词性，在时间和精神的双重层面，传递悲伤之情。有语言洁癖的写作者，往往拒绝重复，但是荣荣却选择了另辟蹊径。

荣荣曾写过关于"看"的几首诗，几乎都关涉视角的转换问题，其中最惹人注目的就是向内的探视，譬如："我看见自己在打一场比赛"（《看见》），"这个曾经的仰视者是否在高处 / 俯瞰着天空并有了造物主的忧患？"（《看》）对自我的理解与分析，是她关注生活中的看天者、打篮球者而引发的沉思。荣荣有这样一种能力，不仅可以增加词语的光华，还可以赋予万物以深情、深意。"我写万物"与"万物写我"的辩证关系里，体现的是写作者的表现能力。在荣荣的早期代表作《白洋淀》里，她就将"看"与"思"，或者说物象与精神，进行了高度融合。《在恩钿月季公园》这首诗，显然深得李清照"人比黄花瘦""满地黄花堆积，憔悴损，如今有谁堪摘？"这类作品的神韵；《毛乌素沙漠》同样如此，毛乌素沙漠尽化为情感的附属，支撑着情感的脉络。这类作品是在托物言志，更是个人深情外显于世界。

荣荣的诗有一种保鲜功能，发展得很缓慢，自然做日也慢，阅读便会生发新的慨叹。她拒绝了周遭消费世界的影响，甚至有时候还从传统中寻求帮助，来构建壁垒，抵御"风"和"乱花"的影响，坚持在日常生活里探寻"内心渴望的精神高度"。随着阅历和见识的提升，那些来自生活中的热爱与忧伤、温暖与绝望……都逐渐变化为理解、宽容和顿悟的原材料。她守住了自我，续接了传统，试图以自己的微光，照亮那些冷了的心、孤寂的梦，以及那份"不可描述的人间纯洁"。

实力榜
Major Poets

Cao Tang

高山上（组诗）

◎李志勇

李志勇
LI
ZHI YONG

【作者简介】李志勇，生于1969年，现居甘肃省甘南藏族自治州，作品发表于各文学期刊，著有诗集《绿书》。

[高山上]

在高山上人们埋葬过一条河流，埋葬过
父亲
河水在泥土中再一次成为纯洁之水

开始时山顶上仍有河流奔腾的声音，而后
才归于了寂静
浪涛停息，将在地下静止成一块块矿石
还有那一道道波纹，也将会在泥土，在岩石下
静止下来
只有在山顶上，一个人站着
才容易发现埋葬的一条河流，才能够看清
山脉有时候像更大的一条河流在奔腾向前

天空蔚蓝，树木葱郁，从未离开原来的位置
多少年过了
在高山上，一条河流还在闪着一些光芒

[在山里]

有的花,像是小号,有的像是灯台或是弯月
天空蔚蓝,镶嵌了石头的溪水清澈、冰凉
大部分花朵,羚羊都能够得上但都没吃
也许花上面有一种不让挨近的光焰
另外,花上面也还有一些安静、明亮的雨珠
神,以它的不现身,来保证它的真实性
但美则处处会显露出来
风吹过山谷,岩石在阳光下闪耀亮光
树木,支柱般撑起了来自空中的一部分重量
其他的,都落在了空无、寂静的上面

[木 桌]

他们把木桌放在了最前面
遮挡着自己的身体
他们把它的腿收拾到了没有
一切活性的程度
他们把它搬到某个角落
放入了知识那条河流中
最为清澈最为冰冷的地方
仿佛那是块石头,最重
最能忍受寒意
他们抬着它到处
尝试,在地上测量和寻找
最为平静的地方
已经忘却了它不再敏感,不再
能够发出叫声
当死亡降临,他们把它
放在了最接近痛苦的地方
点上蜡烛
即使是白天
亮光,从桌上也将本身的那种尊严
带给了周围沉默的人们

[手]

我透过某种冰冻的东西
观看着我的双手
它们在下面围着某个东西
像两只动物一样忙碌着
正是冬天
好久都没声音传过来
但我感觉它们都还活着
在荒野上互相依偎着
我朝下面喊过,但是这两只动物
已听不见了
我的两只手,如同一起生活了多年
也没有一个孩子的情侣
已经越来越老,越来越孤独
透过某种冰冻的东西,它们看上去
像是两名潜水员
围着水底的沉船忙碌着
已经过了很长时间都没有上来
我张着嘴却没有声音
但我也在向荒野叫喊着,渴望
有另外的一只手
伸下去帮助它们,抚摸它们

[在中年]

它不在这里,它不在你能触摸到的
任何地方。它是个概念,另外
它还是个词语
否则它就不会存在
在漫长寒冷的冬夜,它们
很可能都像一块块石头般,弥补住了
漏风的现实
并构造出另一个现实
比月亮上的山峰还要遥远,但是也可能

比小溪里的石子还要清晰，显示
它超越了死亡。月亮许多时候
在高空之中，都是
真实的存在，尽管人们只能得到一片月光
也是可以触摸，可以相信的
而溪水里那些石子，可能更像一种
想象的事物
我们不得不继承它们
不得不承认
它们全都经过了选择

[登山]

攀登中，呼出的气都能在空气中显现和阅读
云杉到某个高度后也渐渐消失了
一些小鸟进进出出，在岩石的缝隙间建造着小巢
鸟儿们可能正是因为有了一双翅膀，在几万年前
才没有发明文字，没有学习播种或是纺织
飞行者不需要的东西太多了，否则也无法飞行
这是山上不多的无风的时刻，阳光明亮耀眼
几只鸟飞过山顶很快就不见了
鸟儿们把痛、爱和恨记录在了什么地方，我也将
记录在什么地方

[李子花]

李子花有一些像清早的新雪。在一片
嫩叶新发的灌木中，鸟的眼睛显得更为黑亮
风把一些李子花的白色花瓣吹得落了一地
有些落到泉水中，慢慢地将会被泉水溶化
很难相信，过去了的三十年，不是像
三十本书在某个地方放着，而是全都消失不在了
而这片山林还一直留在这里。鸟偶尔
会鸣叫几声。李子花静静盛开，满树雪白

我独自一人观看了很久，感觉到了
一朵花与另一朵花之间的区别，感觉到了
素雅、质朴所带的那种孤单

[劈　柴]

木柴，不是客观地被劈成小块。每劈一次
木柴里面的火都要被重新分配一回

空气清澈，可以看出很远
斧子上面，映着周围一片模糊的风景
每挥动一次，斧子和那片风景
就在和空气、木材的摩擦中
变热一点
如果仔细倾听，它穿过空气时，也还有
一些声音。人有时也会停下喘气，然后
又开始一次次地挥动着
一次次地，最终，斧子也就被耗尽
成了一片空气，成了一种虚无的东西

[创作谈]

　　细细想想，自己现在到底有没有"写作的自信"还真不好说。

　　早先就已经有人指出过，写作不像那种可以精确计量的体育比赛，嗖一下跑过去，一回头，成绩、名次都出来了，啥都好说，写作要是那样，高手也就会有高手的自信。但是要说写作者完全没有一点自信，那也解释不通为什么包括自己在内那么多人能把写作这事坚持多年，孜孜以求要写出好作品来。有时候，在诗作被发表、被读者肯定时，特别是在刚写完一首诗的时候，那种状态还是可以用自信去形容的。但我自己却常常是自信三分钟后就不自信了。这首诗刚写出来只是自己感觉满意，可是未经读者阅读，那就还不算完。这首诗感觉不错是因为它符合了某种创作或者鉴赏的理论，可是这种理论实际还有很多不足。只要这样想来想去自信立刻就不多了。

　　王尔德说了，写作上唯一的真理就是它的反面也是真理，哪个观点能完全、永远站得住脚呢。菲利普·雅各泰在谈到写作时也说："在我看来，没有任何一个确定的东西是不值得怀疑的。没有任何一种体系，无论它多么牢靠，不会很快被自己的反面所戳穿。"这样想过后自己那点自信就更不见影子了。现在，要说写作上还有点自信的话，我感觉其实就是来自这种怀疑，我自信是因为我已经怀疑了这种自信，听起来有点绕口但也是实在话。

眼 神（组诗）

◎梁积林

梁积林
LIANG
JI LIN

【作者简介】梁积林，甘肃山丹县人。中国作家协会会员。甘肃"诗歌八骏"之一。曾参加诗刊社第21届青春诗会和第9届青春回眸。著有多部诗集、小说集。长诗集《河西走廊诗篇》被选入"一带一路"百部精品图书。

[小悲伤]

好久没对暮晚动过感情了
尽管每日都会穿行其中，行色匆匆
甚至和一次过分的燃烧有过短暂的抗衡
一只鸟死在了草丛
一篇小说中的小地震
小悲伤
逐渐，还引出了
死于车祸的那个男人
还有些别的：
比如囤积在山洞里的洋芋
比如一次跨省的生育
斯蒂芬，我还模仿过一次
你失败的爱情。近似黄昏

我得回到主题：
山像夜的骨架
暮色一层层在加重

[母 亲]

她是什么时候开始这种行为的
几乎像是很自然的事情
一阵子,她沉得很深
突然她又会被自己惊醒
眯眼打盹时
她一直在颤动
仿佛有一生产队的人,在
为一斤口粮纷争
一度,我能听到
磨刀的声音。还有匆匆忙忙上工的动静
原来她在锉牙,还挥舞了一下
惊恐的眼神

她说误差很大的过去
又说天马行空的未来
说到当下,她居然和去世多年的父亲
讨论起他们时好时坏的婚姻

她不时预料些别的事情
比如远在乡下的妹子的行动
和大哥的羊群
动不动还怀疑起了谁的人生

天阴着。我望向窗外,望向阴空
一只灰鸽子缓缓落下
它收敛翅膀
很像我拧了几下的一块抹布
挂在了窗棂

此刻,我最想擦去的呀,是
我眼眶里
一粒叫伤感的东西

[清明祭]

穿过一片白花花的杏林,走上地埂
一只小羊縻在了坟茔之中
还是那只乌鸦,在坟地里徘徊不定
时不时地"哇哇"上几声
仿佛在寻找一个突然失踪的人

颤巍巍的母亲,半天无语,而后
在父亲的坟坡上,一遍一遍地
画着一个方框
像口井又像是一扇门

[暮晚:一个在路边烧纸钱的人]

她一下一下打着火机
在风中
是那样的吃劲、空洞
倒像是从某个地方传来,一个人
咳嗽的声音

有那么一次
终于着火了。她赶紧双手拢住火苗
仿佛捧着一个
微弱的灵魂

纸烧完了
她磕了个响头
然后她左顾右盼
找一起来的同伴
她慢慢站起,叹息了一声
拍了拍膝盖
又拍了拍微风,似在告别,似在安顿

[美丽母羊]

想到这个词，或者词组
我心里既有形象
似乎还有什么东西在
不停地抽搐。不像悲伤，也不像
某个场景的煽情

今日除夕
如果不是我
那只母羊一定会在盘山路上
咩叫，回眸，一个鼻喷，像是
又来了爱情

可是，这些，都被我在前天
扼杀在了乡里
死亡的眼神啊可真是美丽
怨恨，凄楚
还有点来生相见的意思

[平山湖丹霞]

我得找回一些东西
红
梦里失踪了的那匹白骆驼
还有一只山羊偷觑过我的那一道眼神

我偶尔分神
试图去找我命名过的那个脚印的神踪
而满眼里，起伏的山丘
绝对是西征时驻扎在此的蒙古大营

我动用了些新词
也翻腾了些旧语
紫藤象征爱情

马嘶感应伤逝

我把一只飞岭而过的红狐
比喻成了与灵魂有关的东西
比如落日
比如风吹雪雾中
除了我牵着你的手，穿越
平山湖大峡谷
还有什么更好的喻体

[清明：想起父亲]

红土崾岘的坡上，日影
像漫水一样缓缓移动
一头毛驴，偶尔会叫上一声
犁地的人，躬身、扶着犁柄，走远了
又转回慢慢地走近，你才能看清
那木然的眼神

我曾经有过怨恨
日落时分，站在金家沟梁上
四顾茫然，从哪个方向呀
都看不到我的人生。只看到
爹赶着几只羊，进了坡底下的祖坟

可是个好人
出殡的那天，阴阳先生嘟噜着
猛然在棺材头上磕碎了"倒头碗"
打开了哭天抢地的闸门

雨纷纷啊，清明时节
我的爱喝酒的父亲
可还记得，八十年代和你去香港
做生意，我们私下里叫他毛家碱坝
后来，和你一起

去北山的罗汉井子背煤的那人

想起你从大垭口挖回来的那棵冬青
想起一对安哥拉长毛兔
想起跟你去南山砍柳
夜宿尕尕家的帐篷
那年我才十三岁，同样十三岁的尕尕钻进了我盖的皮袄中
把我都羞哭了
你们还笑个不停
想起呀……许多事，怎么和你一样
突然就逃离了这个世界
迅速得像是莫名其妙的失踪

[创作谈]

  西部是离神最近的地方。诗是人类的一个奇迹，甚至可以说是神的赐予。有些是瞬间即来，稍纵即逝，有些得苦思冥想，置入历史。当一个人站在无边旷野，仰望浩渺的苍穹，很可能就会成为一个与宇宙联系的秘密电台。诗歌是用来翻译灵魂的密码，是诗人与自然、生命、宇宙对话的独特方式。而宁静中的落日恰恰就如一个信号源。

  大漠孤烟直，长河落日圆。你看到过落日下一个人在盐碱地里浇水，他的脊背也成了一块盐碱地的情景了吗？你看到过一个人背着山一样大的柴捆与夕阳一同下山的沉重了吗？西部，一次次记忆中、现实中的落日，都是我一首首诗从母体上剪断的脐带，让我欣喜，让我疼。

  落日一寸寸地陷入了地平线，只剩下一抹残痕时，似乎蓦然的一个回眸，彻入了人的骨髓里。而这时，漠风微微吹动，梭梭草飞天裙裾摆动，红柳丝丝点灯私语，而一行行沙漠波纹像是在奋笔疾书，签订着一封漫漫的生死契约。

  一次次落日，唤醒了我身体里的西域。就是这一次次落日，把一个个带有磁性的地名，辉映得像是一粒粒闪着金光的珠玑，一一装进了我身体的锦囊里。就是这一粒粒珠玑常常在我的身体里闪耀，我用一根记忆的线把它们串起来，像一串佛珠挂在我的意念里，念动着我的西域书。

让青春消失得高贵又艰辛（组诗）

◎夜 鱼

夜 鱼
YE YU

【作者简介】夜鱼，本名张红。祖籍江苏东台。现定居于武汉，供职于湖北省作协长江丛刊杂志社。出版诗集三部。曾获台湾叶红女性诗歌奖首奖，首届孙犁散文奖三等奖，第二届湖北屈原文学奖，以及《人民文学》征文优秀奖等。

[你在赶来的路上]

茶已泡好
始于1957年的福鼎
像你，慢悠悠地香
而我急如沸水
泡茶，水不能太烫
2021年的我更不能太烫
盖好白泥壶，焖会儿
也不能焖太久
茶浓过了头，香就不清晰了
关于茶道我是外行
但今夜的茶带来了点什么
比如不要急，也别刻意延长
该多长就多长
你在赶来的路上
这已是我喜欢的香了
像一壶新泡的好茶
你在赶来的路上

[荒 村]

除了新春祭祖留下的红色碎屑
再无人迹。好在初春阳光明艳
湛蓝的天穹下,幕阜山
绵亘得又是那么欢悦
一种极贵重的静
在断墙夹道间凝聚
我在一间间空屋门口探看
木窗、门扉,没有任何企图地
敞开或关闭
被弃,是宿命
荒废,则是自作聪明的主观判词
对于那些曾经熏过烟火的红砖来说
离彻底倾圮,还有大把时间
可以生出绒嫩的苔藓
此刻,它们婴儿般的新鲜正安抚荒寂
我坐在一截矮小的残垣上小憩
在你宽厚身影
形成的温柔庇护下,不必担心任何事
仿佛我们可以永远
就像这样
荒无人烟地爱下去

[陌上花开]

横刀立马,铜身刚硬
肖然湖边者,依旧守着他的城
他目不知书,常谈的无外乎刀戈箭器
却有艳绝古今的情句
"陌上花开,可缓缓归矣"

艳羡那时抵达的缓慢
要翻一座岭,要过好几条溪
在一路的陡峭和湍急里
揣热了不著"爱"字的信纸

[抵 达]

春天深蓝色的黎明里,你的脸
像一抹晨曦,皎洁透亮
是许多年前
你经过我时的模样
但我们在此之前并未相遇
这不重要,白天那些纵深的沟壑
夜晚那些哗哗响的河水
时间形成的路径
我忍耐,我跋涉,每一步
都是在抵达你

[卡萨布兰卡]

牺牲成就的爱情泛黄了
依旧让我沉醉
——格栅光影下的礼裙和西服
隔海犹唱的酒吧,以及
谓我何求的大雾
都卡在命运里
卡在命运里的还有某个旧影院
坐在黑暗里的我
眼眸像星星,全然不知
由此滋生的锋利,将截断我
成形或未来得及成形的爱情
我曾随性地爱,又潦草地分离
唯有卡萨布兰卡式的惆怅
让青春消失得高贵又艰辛

[月 夜]

像奔跑了一年的云
无雪的晴寒里
她要落下来,成为某个空间连绵的雨水

他们相拥,倾泻
多么神奇的月夜啊
又大又深,又小又迷离

他们是两束光
也是两种黑
将彼此照亮,又将彼此掩藏

[飞 蛾]

小满日,短暂的晴又阵雨
天空暧昧地灰着
我轻盈又清晰,风驰电掣地穿梭于
大街小巷
仿佛寸步难行的老年根本不可能降临
只是之后,我肿痛的腰身
在梦里又重了些
醒来后,突然有扯开缠绕的冲动
但若扯开的是你
我又是谁?无解的命运
是一坛泡菜老在酸水里
不想浪费就吃掉它
为此我像即将燃成灰烬的蛾子
朝着光源旋飞
而你一笑,把火光又调亮了一次

[创作谈]

[1]
围绕我的是无数微粒般的瞬间,可以写微粒的轻,也可以写它们聚合在一起的重。无论哪一种,对命运的指认不一定只有在感觉清晰的情况下才能成立,有时错觉,甚至那一瞬的恍惚感更贴近生命存在。但要让语言也能贴近这种感觉,却需要清晰和准确的表达。

[2]
放弃经典与高深的企图,甚至放弃沉潜也未尝不可。看山看水,安静坐着或蹦蹦跳跳跑着,皆可。万事万物因人而异,而价值恰好在异中。别担心浅显与粗糙。我在荆州博物馆见过原始人粗粝的石刻,美!当然沉潜的过程也可以在蹦蹦跳跳中完成。

[3]
有什么样的品性,就有什么样的诗歌。沉郁之人很少有激情澎湃之作。有时语感和技术关系不大,和血型性格关联更多。

[4]
熟能生巧的时候,就该警醒了。一个套子已在不知不觉中形成。使劲剪个口子都不解决问题的时候,可以考虑瞎剪一气,即使最后成了碎片,也比闷死好。

[5]
当元宵和玫瑰撞到一起,你选择哪一个?选哪一个都无可厚非,挡不住玫瑰,就别挡,只要记得去吃老妈煮的那碗热腾腾的汤圆就行。不要只记得把"回归""亲情""乡愁"这类词语放在诗歌里,记得抽出时间回家陪亲人,诗歌才能写得妥帖。

[6]
一花一世界,你看的世界肯定和我的不同,这也是诗歌的魅力之一。所以我们不争了,我们去东湖看花看水好不好?

非常现实
Life And Poetry

Cao Tang

亲 人（组诗）

◎ 曾 蒙

【作者简介】曾蒙，生于二十世纪七十年代，毕业于西南大学，现居攀枝花。中国艺术批评网、南方艺术网创始人。出版诗集《故国》《无尽藏》等五部。

[创 伤]

我会把死亡当真，
当飘雪筛出饥寒的黄昏。
母亲，你用勤劳的双手
拍去了蜡梅的忧伤。而这一切
都在风中形成
并驱逐了星辰。

我还会游离，在阵痛的骨灰中
逐渐升起落日
固定住无法治愈的时光。
而这一切，
都能把我变成一个成年的病人，
仿佛切去了翡翠的原石。

[亲 人]

我是你唯一的亲人，不难想象
那落叶把春天的街道延伸出去的尽头：

我在那里等待，
这或许就是你所理解的凋谢、生长
甚至那涌动的潮流，正直地消失。
你消失的地方，
没有风一直成为风的累赘。

[等 待]

没有哪怕一种痛能忍受春天的慢性子，
缓慢升起的也不一定是病床，
急促下降的也不一定是人生。
三月有说不完的人情世故，
随手关上的是前门与后门。
你必定能忍受痛、伤亡、霸道的流星。
那窗外的静止
与夜色交融，互相求得安慰，
请珍惜厕所里的流水声，
每一种声响，将灭绝远方的灯
与细心的等待。

[迷 途]

那在无花果树下痛哭的人，
想必世戚遭遇了变故。
她坐下的位置面朝住院楼，
天空被无花果遮蔽，无缝隙的叶片
偶尔会飘落下一丝光线，
坐在光线里的她，
恻隐之心让她非常憔悴。
她无法制止泪水，
也无法阻止住院部的门
扶正了肩膀的颤抖。

是黄昏加深了疾病的黑暗，
一盏无声的灯将为死者打开，
一条狭窄而又宽广的路
将带来无限的光阴和迷途。

[路 灯]

你奇异的世界被我展示，那些图案，
面部的表情，臃肿的身子，
你接近一面墙，靠了上去。
外面是灿烂阳光和树叶自由的起伏，
我真的想成为一堵墙，
被万丈光芒滋养，冰冷、结实，
如果病了，总该有个依靠。
我接受你生长的瞬间柔情，
那是怎样的树根、怎样的刺，
玫瑰不再惊悸，
只有我懂得它的朴素和高傲。
一个病人，必须通过门铃
来了解护士、陪护的位置。
那摧残花朵的力，正在推开隔壁的门。
你奇异的世界被我展示，
被我抚摸，我慰藉于雨水和巨大的星辰，
我臣服于永不生锈的路灯。

仰望与垂首（组诗）

◎笨 水

【作者简介】笨水，湖南祁阳人，现居新疆乌鲁木齐。作品发表于各诗歌刊物，入选各年度选本，著有诗集《捕蝶者》。曾参加诗刊社第29届青春诗会。

[此去]

给我一根马鞭
空有鞭打的回声
给我一匹老马
只剩危危白骨
给我一条河
弯弯曲曲，细若游丝
在黎明下发亮
我牵着马儿去河边饮水
似从水中提出来一只竹篮

[视野]

路上的一粒灰
起身
由南往北，移动
渐渐现出人形
渐渐可辨肢体
渐渐可分出性别
她继续小跑
渐行渐远
慢慢不能分出性别
慢慢没了人形
慢慢成为路上的一粒灰

[仰望与垂首]

系鞋带时，我看见
一只蚂蚁，奔忙在土石间
它看似很快乐
它的快乐，也许是
因为觅到了一粒与去年相似的粮食

这条路,我往返了无数次
为何我依然感到欢欣
我的欢欣,只是因为路旁的桃花
重复着过去,又开了
桃枝摇曳,桃花若心生喜悦
它的喜悦,也是因为鸟儿
叫着陈词,全无新的语言
鸟儿在树上跳来跳去,那雀跃的样子
也不过是因为天空日复一日、空空荡荡

[鸟鸣回答]

刚关进笼子的鸟
先是奋力飞扑
反抗笼子的狭小
后以悠然振翅,感受
笼子的辽阔
叫声,也由之前的苦啼
转变为欢快的鸣啭
我路过,逗它
它向我表达它的笼中欢乐
甚至用雀跃,诱惑我
我只好鸣叫着,告诉它
我从未在笼子之外
我从未停止的梦想,如飞行器
受困于浩瀚
我赞美着太阳系
而你歌颂着笼子中的笼子

[单马帖]

你要结伴同行吗
不
我在等我的马
你不怕孤单吗
不
人群中我才感到孤单
你不怕跌倒吗
不
只有死亡
才让人一蹶不振
你不怕迷路吗
不
世界越大
越宜独行
你不畏虎豹吗
不
一个人走久了
就成了虎豹

[急诊室]

有人滴着血进来
有人一瘸一拐进来
有人叫喊、呻吟进来
有人推进来,身体裹得严实
大海一样平静
一对母女擦着眼睛,出门
掉在地板上的泪水
晶莹,透亮
把医院的四壁,屋顶
医生,病人
缩小在上面

他用一节电线移动天空（组诗）

◎汪 峰

【作者简介】汪峰，生于二十世纪六十年代，江西铅山人，现居西昌。中国作家协会会员。出版诗集《写在宗谱上》。曾参加诗刊社第12届青春诗会，出席2020新时代诗歌北京论坛。

[架线工]

我多次写到架线工，我多次写到三角铁
我多次岩石一样顶着他们
从身体内部上升到身体外部
从手臂上升到云层
他的硬核
被阳光的刻刀从古铜色的雕像中
领回来
一些细节，需要安全绳
慢慢系好
一些孤独需要一根电线从这头跨到那头
刚好跃过
咆哮的金沙江、雅砻江、安宁河
一些森林
敲响雨滴，每年都有
鸟穿过人群
与白云为邻
他用一节电线移动天空
每细微的一步
都有可能电闪雷鸣

手掌里
也会潜藏伤口一样的干裂
领着一个盒饭
等待雪慢慢盖下来

[西南部]

一名仪表工在检测仪表
一名仪表工背着检测仪，在巡视

有室内也有室外。闪电
正急于焊接天空的裂纹，而暴雨
一想到冒险，就拼命往山下跑

只有她藏在水里
只有她如表盘在精细地记录
时序和地球的转动

她揭开天空的盖子，看星星摇荡
她旋开大地的螺钉，看江河的指向

一块黑铁奔向炽热的高处，或者
悄悄地收回自己的高光，让西南高原
电工刀一样谦卑、深垂

[噪音的粉末]

夜班
像集体睡在一张天空的凉席下面，操作工有
一种苦恋的味道

潮湿的星光，和雨沫围着的走廊的灯
像在流水线来回反复巡视的一对情侣

他们经过一间值班室，有红油漆上升的气味
其中的一人像抱着火焰的劈柴在写信

记忆锈了。他或她会反复打磨
他们的祖国，一会儿放在高远而寂寞的山岗上
一会儿放在辽阔而疾驰的火车中

责任区是一大片亮光
是盐水架筑的桥梁
他们
一个在上一道工序取水
一个在下一道工序种稻

他们在接力，像昨天和今天的接力
他们像焊工，将黑夜和白天进行无缝焊接

他们等待着领一条河流回家
但很明显，现在他们的手脚不停
在产品与账单之间忙碌，没有一滴水流动

而噪音碎成粉末，进入他们黑暗沉沉
的硅肺

[光]

蜜蜂牵动一根针，
麻雀就抖动一根线。

在工厂，只有她
在集成电路里，用激流的速度
穿针引线。只有他
在一枚螺钉内部，咬紧牙关
将一生的错误死死钉在那里
等于是，他只适合于内部发光

空空荡荡（组诗）

◎刘 春

【作者简介】 刘春，生于1974年。作品发表于《人民文学》《诗刊》《钟山》《天涯》《上海文学》等。在《花城》《星星》等刊开过诗歌研究专栏。著有诗集《幸福像花儿开放》、新时期诗歌研究专著《一个人的诗歌史》等十余部。现居桂林。

[春节前梦见父亲]

过两天就可以回去见他了
可你并不兴奋
他仍然在家里，和往年一样
面带微笑，看着你们一个接一个
从外地赶回
但去年他的身子越来越瘦
越来越弱，越来越扁
最终成为一张照片贴在墙上
是的，他已经不在了
已经成为一种象征，嵌进你的记忆
但有时候你能听见他叫你
并且你确定不是幻听；有时候
他会突然出现，像以往一样
二话不说就走进厨房，不管你是饥是饱
做的菜你永远吃不完
你也记得被他拿鞭子打过
那时你十岁出头，犟，从不哭泣
现在，你变得伤感，软弱

常常后悔当初，想再被他打一次
昨天晚上你对他说
我想再吃一次你做的菜
不，我想再吃一百次，一千次
你做的菜。
他还是那样微笑着，不说话
转身就走了。把你留在黑暗中
热泪横流

[悔恨之诗]

总是这样：梦里跳出几个句子
醒来后就想不起来
这警告来得那么直接，又快速消失
仿佛过期无效的合同。
仿佛去年秋天的那个下午
你们姐弟在微信群里商量父亲的
病情，突然接到电话说
他已闭上了眼睛。
你曾有机会减轻懊悔的深度
比如排开兄弟们的争议，去省城
或者广州找更好的医生
但你怕麻烦和担责；
比如请长假坐在床前陪他聊天
告诉他各种生活琐事
和未来的一些想法，又怕耽误工作。
直到他嘴巴无法出声，鼻孔
插着胃管，动不动就发小脾气
你仍害怕和他一起过夜
常常借故躲在城里。现在你常想
回家找他，他的房间空空荡荡
仿佛从来没人住过。

[空空荡荡]

去年九月以后，你回老家的次数
比以前明显增多
但没有用了，你见不到父亲了
他躺在两公里外的盒子里
只有墙角的照片
证明他曾是这个屋子的主人。
当然他也可能晚上回来
像以前那样择菜，做饭，然后
斟半杯酒，心满意足地坐在餐桌旁
但是你看不见了。
每一次回去，你都会找理由
进他的房间，比如找棉签、指甲钳
或者看看有没有好吃的水果
实际上你什么都没有做
只是在里面发呆
去年天冷的时候，你习惯性地
打开他的衣柜，找被子
并且真的找到了一床。
平时你和母亲聊聊天，浇浇花草
草草吃饭，看一会儿电视
就上楼睡觉了。
父亲走后，你才发现
除了时常回家
这世上没有多少重要事情。

[清明指引]

出门往右，拐过半亩柑橘地
直走五十米，途经一片长方形水泥坪
当年生产队晒稻谷的地方

你还记得那时父亲在队里做会计。
再右拐，前边的土坡叫鲤鱼仔
坡下没有河，只有一条水沟
你一度想弄清它因何得名
最终结论是它的形状像条鱼。
然后视野就开阔多了，水泥道路
两边是望不到边的柑橘地
那年村里有人叫你承包几亩
但你对此没有兴趣。
继续走一里地，是公路边的高墩脚
一个异军突起的小山坡
当年刷房子的石灰全部来自这里
你们曾经讨论去开荒，但父亲
不想搬离村子，你害怕那个幽深的窑炉
前些年它被占用，建了气库。
然后左转掉头直行，过烂钵头
当年放牛的打卡地，你常常想起那头小牛
它见证了你迷惘的少年时期
现在这里在建工厂，地上全是水泥。
最后一站就是水井坪了
过道太窄，得小心拨开两边的刺蓬
绕过桉树林。靠边的那一排桉树
已被砍掉，可以轻松通行
而半年前太窄，棺材抬不过去
只能放下来，用手慢慢挪移。
现在终于可以停下来了
风拨开杂草，微微露头的土堆
是你父亲的新坟。

这些疾病相连的人（组诗）

◎赵 琳

【作者简介】赵琳，1995年出生于甘肃陇南。有作品在《诗刊》《中国作家》《星星》《草堂》《北京文学》《飞天》《草原》等刊物发表。曾参加《星星》诗刊第十一届大学生诗歌夏令营。获第九届"包商银行杯"征文大赛散文一等奖、第六届野草文学奖、第三十六届樱花诗赛奖、《青春》先锋诗歌奖等奖项，诗歌入选多种年度选本。

[尘肺患者]

1

他的父亲坐在楼梯口抽烟，那一圈圈烟雾
像是笼罩头顶的数字：肺移植六十余万
后续费用五万多，住院一个多月，终身服用抗排异药物……
这位父亲满头白发下
一双深邃的眼睛曾经绝望十年
他亲眼看到儿子壮年的身体一点点衰弱
他亲眼看到儿子光着膀子在采石场开采石料
在矿石场提炼金灿灿的金属，而他现在
仿佛就是一块沉重的石头，呼吸沉重，喉中嘶鸣
在泥泞的深渊中无法自拔。十多年间
他年轻的妻子消瘦得像漆黑的木偶人
他的女儿还小，正在读小学，他还不想离开
尘世烟火，还想多看看炫彩的世界
还想听听鸟群穿越丛林的声音
他一路依靠制氧机、氧气瓶、氧气袋，辗转来到医院
跟命运博弈的时候，他平静地说
从未放弃他爱的人和爱他的人

2

  他的妻子在手术室外等待：只要他有一口气
  我们还有一个完整的家。那是十五年前
  十九岁的爱情让她经历了少女到母亲的幸福
  一些往事过于浪漫，一些悲痛刻骨铭心
  她哭泣丈夫上下楼的急促喘息
  哭泣遥望无际的树林，仿佛所有树木的光合作用
  都无法满足一双肺轻微的张合
  那一刻，无数美好的记忆拂过
  他们度过恩爱的年纪，一起迎来漂亮的女儿
  那一刻，手术室每一次报时警报
  都会让她警觉，警觉这个世界的悲伤和期许
  医生向他们展示一块硬得像钢铁一样的肺
  浸透黑色的苦水；下午三点，医院的鱼池
  鱼群聚集在一起，它们向天空索取清新的空气
  他隔着玻璃挥动手，呼唤春风吹过大地

3

  这是他术后的第二十九天，拔掉胸管、胃管、氧气管
  他克服了排异、感染；每天做康复训练
  每天努力呼吸，每天测试肺活量
  他的妻子会扶他下楼看看春天，金黄色的迎春花缀满枝头
  粉白的山桃花在湖边肆意争芳，梅花已经越冬
  他伸手给妻子摘了一朵，仿佛他们回到故乡的春天
  翠绿青山，小河流淌，蒲公英种子撒向广袤的田野
  也是在这样的季节，他们跨越爱情的河流
  像两片树叶紧紧地拥抱在一起，紧紧地在暴雨和雷电中相爱
  那晚，他们在楼下坐到星星闪光
  那晚，他们像回到年轻时，拉着手跑步穿过稻谷地
  满脸笑容，没有恐惧和意外，仿佛深爱着整个春天甜蜜的事物

[我们聊到了熟悉的事物]

隔壁病床新住进的大哥，和我们打招呼
他从拉萨务工回来，嘴唇干燥有些许血丝
在一个病房，我们很快相识
相互谈论起病情，两个被病痛折磨的人
需要取暖。他说起拉萨
一天工资三百八十元，让他一次次抡锤
砸向钢筋水泥，装卸沉重的建筑材料
一次次在烈日下汗流浃背，一次次目睹火车
经过拉萨河，那里有金色的阳光和稻谷
他并未有多余的修饰和描述
那些苦不过是生活教会了
一个男人变成丈夫、父亲……
你看不到，布达拉宫就在工地拦网外
诵经和朝拜的人群没人
带来家乡的信息；你听不到青海的花儿
隔着星辰的夜空进入梦乡
你看不到，高原的太阳那么近
美好会在瞬间灼伤皮肤
我们又聊到他的家庭，一对乖巧的双胞胎
明天会赶来陪伴他，而今晚
我们不过是在一个安静的病房
说说这些年一直挣扎的生活
我们翻着日历，每天都需要抚平急躁情绪

[碎石科]

那些山间的石头已经成精
它们寄生在贫瘠的泥土和茂密的丛林中
一个伐木工四十八岁的器官
CT 显示，那些石头遍布肾脏
尖尖的棱角，不规则地一颗颗躺在房间
它们安静的样子
像经历风霜的老人
他沉重地蹲在地上喘气
额头汗珠跳动，缓缓起身爬上碎石机
蜷缩瘦弱身躯，婴儿一般
躺在出生时的医院，他看上去痛苦哀鸣
浑身颤动，满身伤痕
他对抗着寂静的月光
对抗着阳光刺目的午后
他的女人来了，声音微弱
小心翼翼地握着丈夫的手
仿佛为他默默承受着碎石的痛苦
整个下午，先后有十二位患者走进碎石科
老人，中年人，青年人，孩子……
有人治愈出院，有人需要住院手术
这些疾病相连的人
有石头一般的坚韧，更有石头易碎的本质

最青春
Younger Poets

Cao Tang

生命简义（组诗）

◎师 飞

【作者简介】师飞，1989年生于甘肃陇西；作品发表于《人民文学》《诗刊》《星星》等；获第五届"人民文学·紫金之星"诗歌奖。

[养鸟记]

养鸟是女人的事业——
一种虚构的阴性始于根茎
终于枝叶

鸣叫声就在上面，潮湿而冰凉
犹如复活。犹如故人归
鸟儿在雨中飞行，如泉水叮咚

泛出一串氧气泡，空荡的天赋
闪着光，横冲直撞。养鸟
无异于在一个人的心里开荒

她们紧闭双眼
她们满心欢喜
她们下起了雨

[生命简义]

凡累积的，必会衰萎；
凡心生的，必会幻灭。

要做书记员,而不是秘书;
要热爱词语,而不是词典。

要修远,而不是隔云观山;
要心安,而不是凝视深渊。

[维特根斯坦的启示]

现在,写。无须任何理论
也不做任何解释,只进行表达。

这是可能的。真正的行动
就是靠挑战进行治疗。
在黑暗中,盲人比我们更有方位感。

那个女人——
不必理解她,爱她;
那些诗——
总有意义,却偶尔才是真理。

[报智颙书]

缓慢地闪烁。你愤怒的心随着灵感缓缓滴漏
在被放逐的路上变得透明,终于颠簸成真理

那莫不就是浑然?它可荒芜到足够让你服膺
如同服膺一个陈旧的梦?你不为人知的血统

试图拎走你的心。我的心?我的心哗哗作响
一只蚊子在图书馆空旷冰凉的中庭喃喃施法

而世界内凹为一念:梵绝非汝,但汝即是梵
我的心曾经涓涓而如今汤汤;我的心擅长于

内省远甚于类比。在你繁花般争夺着的那边
我的心悠闲地落空。为了给绝望镀镀一层金

为了在默默受挫后能更加决绝地洒在你面前
——在我们恰好能共同忍受的注定的失败中

[耿占春先生关于午后的提示]

最初的是,不可思议的罪恶
和它不可思议的借口

最终的是,在牺牲品中寻找神秘的天意
并为那个人哭泣

易逝的是,米米和德安在说话
有一片安静在窗外的荷塘上哗哗作响

不朽的是,在午后紧挨着无数逝者醒来
试图纠正造物的疏忽和荒谬

[理解小说]

真实的是事件,而不是判断

小说是水落石出的事业
动词磨洗名词,无须形容词
叙事的关键在于理解时间——
一种不动声色的被动
因为延续了很长而具备了客观性

就像所有的海岸都布满了石头
但只有一道石头海岸线

忽而不见（组诗）

◎周 簌

【作者简介】 周簌，80后，作品发表于《诗刊》《诗探索》《星星》《解放军文艺》《草堂》《作品》《作家》等，入选多种年度选本。获第八届中国红高粱诗歌奖，出版诗歌《攀爬的光》。现居江西赣州。

[忽而不见]

孤独与生俱来，所以
无须怜悯我的孤独，保持
一种纯粹，其实那是对自己的残忍
万物的爱是悲悯，是灵魂的战栗

忽而不见，蜡梅在野岭横斜疏影
一条山溪，瘦得只能听见它的低吟
我的灵魂，似一片枫叶在风中破碎
虽然我沉默。我很想

终是没能与你说：
"今日山中的一阵熏风，吹得像春天"

[从荆棘中，开出一朵花来]

我愿意为你停下来，假装在看花
或看水。触碰又突然抽回的手
爱在犹疑之间的那种美

细碎的花瓣，从雨中纷纷落下

江面被雨丝缠绕,白色雾气
逐渐抽空江水。但我还是悲伤难抑

你低头凭栏,像一个安慰
既然悲伤毫无用处
那就从荆棘中,开出一朵花来

[野酸枣]

这个辽阔又老迈的秋天,野酸枣
从高大的树丫上
坠落于杂木林、荆棘丛
有时也坠入我们虚构的深渊
我的弟弟,刚从苏州部队转业回来

他终日无所事事在山头转悠
树底的腐叶上,落满了野酸枣
他捡了几颗,揣在上衣的口袋里
给我捎回来,有时候在半山腰的打石场
也给我捎几块蕨叶化石

那时,他对自己的未来很迷惘
那时,他还没有成为一个父亲

[十 月]

在十月,深秋的某个午后
一匹瀑布下的一块大石上
我睡了一个慵懒的午觉

俯身躺在平坦的大石上
世界在秩序之外,流水声打湿耳蜗
我的耳朵里,长出毛茸茸的青苔

风,钻入阔大的衣衫
无形的手掌,抚摸着,忸怩着
我听见身体在阳光下呻吟
如果我只信奉这具肉体

那么,有一种爱
穷尽一生,无尽地挖掘与索取
反复地试探与怨憎

请进——
到我的心里,坐一坐吧
现在,我狭窄的心底
除了爱你,只剩微蓝得近乎透明的悲伤

秋 辞（组诗）

◎紫凌儿

【作者简介】 紫凌儿，80后，陕西省作协会员。作品发表于《诗刊》《星星》《散文诗》《四川文学》《飞天》等。出版作品集《太白路1067号》《春天的紫凌儿》。

[落 日]

我有暮色与桃花
你有蜷缩于悬崖的听闻，多么危险
所剩不多的坠落，如我肩颈下方的胎痕
我从不认为
圆，是一种破绽，或命运的契机
你又如何定义，一颗热泪
滚烫的奥秘。像是群山在没顶之前
我眼睁睁看你突围
看你退避，看你失败，看你丢盔弃甲
直至大海升起，眼前并非眼前
假寐，并非假寐

[秋 辞]

立秋之后，叶子不再发声
蝉鸣退回体内，只有云雾还在高处
在草木的宁静里
为远山加冕

黄昏低沉，秋虫换了口器
夜风带入一些动静，像是弱小的危险
我们不说话，只有思念
在身体里发光

我贪恋的宠溺，已随父亲的棺木
皈依泥土，皈依一棵椿树，富有禅机的
　欣欣向荣
而这一切，将在某个不经意的早晨
挂满命运的霜冻

寄身山野，我不敢妄言生死
更不敢，高估内心的绝望，关于自身的悲喜
我除了接受，除了不断咽下眼泪
其余，已疲于描述

[正义峡]

被一条河，牵引着
向上。我们在低处，看群鹤划过水面
看鸟兽和孤峰，在更深处
登临。总有一些废墟，高于想象
高于一念之差的偏执。我们反复和自己对抗
比如一座龟形的凸起，轻易就击败
虚弱者，原始的欲望和冲动
比如河流，沿壁而行，而卧，而眠
事实证明，此处已无春色可言
作壁上观者，是一众诗人，及半树枯叶

[山中清明]

海拔千米
有古老的悬崖，松柏，烂在半山的云

有无数颗晨露与星星，相互下垂的沉默
有唯物主义的果子，在一棵樱桃树上
显出原形。红的是钟声，绿的是幽兰
毫无征兆的鸟鸣，交织着
梵音和雨声。逝去的亲人
或已转世成仙，成佛，成世间有灵草木
那些浑浊的事物，让我相信
人间清明，不过是这春日湖泊
那山是暮色，水是孤岛
它们内部的伤，足够我沉陷

[盛 夏]

我们已经习惯，向炎热
索取阴凉，从一棵巨大的小叶榕
秩序完好的根须，到垂直的蝉鸣，想象的雪
接着是雨，破碎的声音

万物浑浊，连同它们的影子
像是日子藏得太深，明亮的事物日益减少
不堪一击的蝉，支撑着盛夏
也支撑着我们，生活里的贫瘠和孤单

一棵树，从不为自己代言
却能让我找到喜欢的理由，像找到时光之书
和内心清凉的人，给另一个
写长长的书信。实际上，我只是打个比方
作为淡化焦虑的手段，分拣出聒噪

相关的词语，以此暗示，或强化我内心
趋向于神秘的禅意与沉陷。直到风声
回归它的庭院，我依旧呆坐懵懂树荫下
如隐匿之蝉，将一个声音嘶哑的世界
混淆于耳边跌宕的余音

来石头里找一首蝴蝶的歌(组诗)

◎刘建利

【作者简介】刘建利,1991年1月出生于河北省涿鹿县。毕业于广西民族大学相思湖学院,现在北京从事城市管理工作。2010年开始诗歌创作。

[自画像]

我不动,像喝光了酒剩下的酒瓶子一样静止
我是一幅画
是生活给自己的素描
全然与色彩无关
仿佛一个男孩丢失了画笔
手里只有铅笔
五岁的时候
就用这支笔画出了二十五岁的自己
——在每一个孤独的夜里
我都是一面墙壁,挡着一片废墟

[蝴蝶效应]

屏息,听那些来自静默的呼声
空气凝固当中世界浮现
如同记忆般亲切,但远非你想见的面容
塔还没有刺破天空
还没有一条环路达到双位数
关于种子的尽头
播种的人也想得出确切的结论
而他们只知道个大概
遥远的湖边
一只蝴蝶扇动翅膀也会引发他们的担忧
没有确切的经度、纬度
但有人能从自身的困顿中发现它们的行踪

[等你]

我还在等你
等着风,经过,把地上的石头谱成歌曲
让一只鸟唱,开口成林

弥补我已经不能写好的情诗
你离开，我也没好的相遇

我还在等你
每天重复，如同病痛中的野马每天练习死去
如同列车戛然而止
蚂蚁镂空大地

我还在等你
一棵果树在地球靠北的地方等待着结出一只金橘
等待的滋味像
折耳根，甘蓝菜，虾皮和海米

我还在等你

[来找我]

来找我
两手空空或者带一只迷恋着灯光与烛火的飞蛾
来春天找我
来一堆无论如何都不长草的石头里找一首蝴蝶的歌
像找你素未谋面的妻子
艳遇中错过的情人
像寻找一种未来一样找一种总与想象出入的结果
我会对你负责
我会用我野火出没的眼神对你负责
我眼神中
老虎的厄运
别指望我称呼你哥哥
除非你在相同的厄运中告诉我姐姐的下落

每一个身体都积满雪痕（组诗）

◎范丹花

【作者简介】范丹花，80后，江西人，江西省作协会员。有作品发表于《诗选刊》《诗歌月刊》《诗潮》《山东文学》《中国诗人》《鸭绿江》等。现居南昌。

[平遥影像]

所有男人都像你一人扮演
五官比例，精准的刻度
所有砖瓦
都带有遥远的光辉，原来
我们如此重视：事物原貌
故事还没有讲完
所有声音进入冬天
才开始破碎
远行至此的人，将杂念
退去，再回头看
城墙内外
如此静默啊，仿佛万物的静默
都归于我一人

[麦 地]

目光在麦地停留过的人，笔下
总有溪流和一段清辉，起伏的麦浪

淹没了诗人的国度,在那里,你看见
海子
亲吻过的麦穗成为佳句,他
摘下王冠遗失于月下,他踮脚
旋转于麦尖,麦地之后
所有
寂静的事物最后都消失于自身

[白桦林]

环抱平原之脊,爱人,
最后的碑石留给你。

把前生写在铠甲上,
风暴也打不开它。

每一个身体都
积满了雪痕。

任晨曦几近暮色。
飞鸟归林,
爱人,我愿即刻死去,
引来秃鹰,环抱
苍穹之美。

待到宇宙洪荒,
百年孤独留给你。

[百年孤独]

生命中有多少种不可获得?
沿着它们,你一直走,直到走到
马孔多,在那里
你难过时也吃了不少泥土

坐在角落为自己缝制过寿衣
为情敌送去过衣食
为爱着的人变大或者缩小
但无论你做了什么,没做什么
余生都只能躲进梅尔基亚德斯
昏暗的卧室
所幸荒芜的年代已经远去了
而眼下也没有可以研读的羊皮卷
一个人置身于黑暗还是会产生
那么多幻想,用也用不完——
只有在乌尔苏拉身上见识到的完美
才真的让你恐慌又厌倦
真怕这一百年魔咒
这无尽的等待与告别,也
会在你身上重复推演

[飘]

斯嘉丽用了漫长的岁月
去论证她最初的爱情
她为此做了很多傻事
直到梅兰死了
她朝思暮想的人变得
苍白无力
她才认清那份爱并不重要
她根本不在乎
这么多年
我总被斯嘉丽的思维模式
所吸引:无论遭遇了什么
明天又是新的一天了
但很多时候
我们也像斯嘉丽一样
一觉醒来感到十分快乐
却并没有意识到这是源于
对枕边人的爱情

大雅堂
Selected Poetry

西部谣曲（组诗）

◎马行

[塔克拉玛干]

哦，世界啊，大面积的时光
孤独成了你

更加孤独的，其实不是你的黄沙
而是天上星辰

且看万年的大海已枯
零散的贝类化石，搁浅在沙山之顶

一场又一场来自天山北的大风，则从
　　塔北吹过塔中，又吹塔南
试图把我的孤独也带走

[在河西张掖]

鹰飞远了
平山湖大峡谷里的孤独
越来越宽

鼠兔在走
返青的灌木在张望

忽见一片灰色的羽毛
从断崖之顶
往下飘浮

大峡谷，我
多么欣喜，伸展开双臂
快步上前

我想接住灰色的羽毛，接住一小片瓦蓝
瓦蓝的天空

[哦，大地之神]

大地之神就是那个最美的女勘探队员啊

当太阳越来越高，当扎下的帐篷
响起隔世琴声

流水如梦，泥土即金
就在她转身的同时，星辰已让出远方

哦，天气暖了又凉
背包轻了又重
枯干的梭梭草，轻轻摇晃着
旧日时光

——那蔚蓝色天空，连同几朵熟悉的白云
此刻正跟着她
奔波流浪

[塔城之恋]

夜半时分，塔城
站在西北角高楼的阳台上

手扶冰凉的栏杆，我看不清边境线
边境线也无法看清我

我能看清的是北斗七星的远
是宇宙的七个少年

而右前方，有一个寂寥小新月，似乎还穿着她
年少时的衣裳

我的爱不紧不慢正好一生（组诗）

◎李洁夫

[北风]

乡下的茅屋，已经被秋风所破
此刻，我在北方。记忆的野草已疯长到天上
北风站在比我还高的地方，裹挟着我的孤单
一路向南

年届不惑，我渐渐腐朽的躯体已经能够接受
季节的变换，岁月的更迭以及乌云咳嗽
土地感冒留下的震撼、洪荒、火焰
虽然始终能做到让自己的心平静如水
我已在北风深处种植荒凉充当故乡
如今的我在北风的凛冽里依然站成一种眺望

我不担心北风告诉家人我的消息
只是不愿它仅仅捎去我的孤单

[牙齿]

他们就像我的亲人
一家子，一起成长，相依为伴
有甜蜜，也有辛酸
生活中也少不了磕磕碰碰

假如少了一颗
其他牙齿也会感到痛和无助
我看到自己的牙齿
也看到我的家人
就像牙齿般一颗颗老去

好在岁月像闭合的嘴巴

时刻保护我的内心和秘密
爱的世界不走漏半点风声

[这些年]

这些年，我从一个懵懂的不谙世事的孩子
一下长成了中年。我的青年是被生活忽视
的一道闪电和来不及回味的遗憾。

这些年，没有感情的妻子也成了我生命中的亲人。
我的孩子也高过了我一头还多，父母也已成为眺望中
故乡小路上的一道炊烟。

这些年，他们对我的百般凌辱秽语污言我都没有回应。
我像乡间走出来的一棵卑微的稻草
我在心里哭泣，愤怒，呐喊，却习惯了对外保持沉默。

这些年，面对过无数的鲜花和掌声我在心里总是无动于衷。
我觉得我到头来忘了初心竟然不知道这些鲜花和掌声是为了给谁看！

这些年，我越来越迷惑人活着到底为了什么
是为了证明自己的存在还是为了不断听到
一个又一个熟悉的人离去的讯息和心头无法抹去的疤痕？

这些年，我还要继续活着。继续懵懵懂懂不敢与上帝谈判。
不敢与自己和解
任由一个季节漫过另一个季节。一场雨水覆盖另一场雨水
任由一片草地绿过另一片草地。一阵风高过另一阵风！

[我的爱不紧不慢正好一生]

如果明天早起我说我爱你
那么我还是爱你的
我相信早晨的爱饱含生命的露珠和虫鸣

如果一年之后我还说爱你

那么我还是爱你的
我相信持久的爱能释放更多的暖意和温情

如果多年之后,我还爱着。或者不再爱了
我相信我还是爱你的,并因为你爱上了这个世界
爱上了局促不堪的过往
和后面残缺的半生

致敬维特根斯坦(三首)

◎南 马

[内视]

"言词即行为"

写下维特根斯坦这句话时
我停下笔思考起来

一只蜂鸟利用翅膀悬停在空中
并非易事

理解自身的黑暗
就如一根藤蔓攀缘另一根藤蔓
试图站立

吊兰下垂的部分和思想没有任何关系
只是来源于
自身无法承担的重量

"真心话大冒险"的游戏
往往会让一个人沉默

借助词语去理解行为
其实也是一种逃避
不过,梯子也有它的危险性

窥探即深渊

黑夜中
无法判断
一只豪华的游轮和冰山之间的距离

如果撞击
船是继续行驶还是永远沉入海底
这是无法回避的问题

冰冷海水中的呼救声
也许已经失去了它最后的意义

[清晰和模糊]

有人和我说
他从未撒过谎
我笑了

"一个人懂得太多就会发现
要不撒谎很难"

可以肯定地说
维特根斯坦一定撒过很多谎

我喜欢这家伙的表达
就像发现了美人侧脸长出了一颗雀斑

人群喜欢模糊之物
沉浸在大雾中
会感觉到一种神奇的力量

我纠缠于生活中
清晰和模糊哪一个更能抵达真相

当看到一首诗时
又似乎在模糊中看到了清晰

唯一可以确定的是

小时候看到月亮中吴刚伐桂的我
比现在的我
要快乐得多

[界 限]

必须承认
清晨打开门之后的世界，并非
昨天的世界
而我们并未察觉

依旧相信远峰有着某种神秘
依旧
用昨天的语言
写出接近某种真相的诗句

"我的语言的界限意味着我的世界的界限"

维特根斯坦早已洞察了
语言和世界的关系

也许
适当地放弃语言是一种正确的选择

当这样想时
语言再一次控制了我的边界

必须承认

放弃很难
牛和绳索的关系带着某种基因

刀子在剔除坚硬的部分时
刀刃在缩小

每个人都无法选择自己的身份

面对新的一天时
一筹莫展
既找不到新的语言
也无法让自己静默如夜

我停留在自身的世界，不停地摇晃

礼 物（组诗）

◎马 兰

[照 应]

悬铃木投下浓密的阴影
巨大的叶子分担了盛夏多余的光芒
被浓荫拥抱
树下，安坐着我的母亲

小鸟吃光了我放在窗台的小米
蚂蚁用忙碌安慰着我的疲惫
夜色降临，清凉的黑暗护佑着所有的人

万物各有其职，我坦然地安享这无偿的照应
盛大的夜空，布满了诚实的眼睛

[感 恩]

我来到地球上时,这个星球还没有老去
我有年轻的母亲

太阳照耀青草和我
白杨树捧着心形的叶子,我们相互爱着

大风吹黄了青草,大风吹落了叶子
大风,把我留下

走在这冬日的旷野
一样的荒凉、赤裸、贫穷
我们接受了彼此的诚意

是的,经历的一切苦难都是值得的
在大地上生活是值得的

[春 雨]

天空垂下细细的鞭子
把大地赶向春天
向着美好行走,这轻轻的敲打是甜蜜的

一生就是这样
美好的事物牵引着我们老去
我们奔跑着,不知疲倦

有时,苦难拖住我们
度日如年——
慢下来的我们
——忽又一夜老去

愿时光飞逝吧
雨正在尘世散开
抚摸万物

苦难的灵魂得到安慰
贫穷的黄土就要开出花来

[礼 物]

多么贵重的礼物啊
梧桐树高擎着巨大的叶子送出浓荫

来吧,烈日下行走的人
来这里学习拥抱,学习沉默不语

尘世如沸水滚烫
我们不得不反复投入其中

我爱过了万物
现在,独爱它们的影子

马的故事枝繁叶茂(三首)

◎吴定飞

[一匹马跑进黑夜的深处]

已经瞌睡的夜莺
眨了一下慵懒的眼睛
我看见一匹马跑进黑夜深处
马的四面临水,蹄里暗藏花香
它扬起的马鬃
像一团燃烧的火焰

就这一粒火星已经足够
当一匹马跑进黑夜深处

我不知道是在哪片失眠的草地
捡起一片碎光
盛满一坛难以言说的寂寞

这时候很多不相干的事物
像毫不起眼的草
这种生长悄无声息
一匹马跑进黑夜的深处
那么平静。只有黑暗或者时间在疼痛

也许，我终究是别人的马
只能坐在一匹马的影子里
一边看着自己，一边悄悄老去

[一匹马从我身边疾驰而过]

上班途中，我想着，我是你的马
像鸟飞翔的不知疲倦的马
急匆匆的马
追赶一些与爱情无关的马

我看见清晨的阳光，是初夏的身体里
最柔软的部分
银杏树的叶子一动不动
桂溪河清澈的水一动不动
即使望见天空被遮住的云
依旧不敢妄动

即使蹄子跑破了草地
四肢磨光了路上的石头
头颅甩掉了身上的肉
时光剩下易折的骨头
但你只看见，那些坚实的物质
正盛开花朵

在上班途中，我这样想着

想着想着
一匹马就从我身边疾驰而过

[马回头]

马回头之前
它看见走在它前面的那匹马
马回头之时
它看见跟着它前行的那匹马

它们看见了什么
它们好像什么也没有看见
马转过身来
前面的那匹马也转身
后面的马都跟着转身

马再次回头的时候
伙伴们照样也回头
转过身
它们越走越远

只有心里这匹马
回头是岸，安静地啃草

流云与野花的秩序（组诗）
◎孤 城

[在五里村看桃花]

五里桃花。刚刚好。再长
我怕走得太累

就是五里,我也不准备一一爱过
我们死多久
活着就有多短暂
来迟了,盛花期不再
我要腾出对桃花的眷顾,止步于半坡的短亭
我要停下来
低声跟你说:你看,桃花,已凋谢

[纸 团]

纸团分过手
纸团里有背影,有作废的初衷
有将军令
有梦红楼
有失魂与体液
有一角别院
一记断弦
一个低泣的雨江南
有被星星蛀空的长夜
庙堂法器的冷硬
有剁掉的胚胎
有心绞痛

或许什么也没有。仅是笔墨不走动的一个穷亲戚
蛰居一隅,白白弄皱了光阴
纸团坦白不坦白
都是放弃了故事,退到废处
抱紧自己

天地大磨盘,极目行走的骨灰
多少奈何事
揉在里面

[老梨树]

老梨树上拴过清瘦的炊烟,与牛哞
拴过滨海涛声
——遥如饥贫时节的低沉之音
老梨树上有星空淘洗出来的旧光景
老梨树承接过候鸟数落的霜露
有一遍遍嗓音清亮的乳名
检验过的慈善
老梨树老得
叫人油然想出手搀扶

遒劲,皲裂,一身老茧
老梨树们从不放弃,手牵手
攥出
嫩甜多汁的新日月
同样,它们是扎根这块土地上的一群
特殊的劳动者

我们赶到时,老梨树上挤满了果实
老梨树下挤满了笑脸

[酒]

这世上最小的家乡,被分装。甚至
一滴水里的驿站,或归巢
这人间最迷人的情书,桃花的闪电,被陶醉一一分拣

白的雪和瓷,梅红的丝带,呵护一首诗
一阕梦
鸿鹄在血脉里的丈量,一个人的乌托邦……

谷物里提取的精灵
舌尖上的芭蕾

吻火的人
五十三座茅台镇,也不足以疏散他,内心的缱绻

从镜子里获得勇气和喜悦（三首）

◎王妃

[抛弃]

老邻居购买的小奶狗
已连续汪汪哀鸣两日两夜
那叫声可怜又仿佛
是在控诉被抛弃的罪恶

只有我——
与儿子相隔千里的母亲
临窗端着药碗
能穿透这声音觅到更深处隐藏
的绝望与恨意

一口气吞下比哀鸣更重的苦味
我寒凉的背脊渐渐发热

一定要活得好一点
在南方更南，另一个千里之外
我那被病痛缠身的
八旬娘亲呀您要在家里等我

[公园]

入冬后进入这肃穆之地更像是
一种纪念仪式
我放下我的全部把自己置换成你

从左侧幽僻的小径去看
逆光的芦苇正在镜头里安静地祷告

绕过喷泉和西亭
热爱公园的老年人，他们用散步、跳舞
玩太极柔力球或倒走
祛除脚后跟越来越沉的恐惧

银杏叶飘坠，在地面重叠、铺陈
像黄金梦，像一首未断的哀歌
晨鸦四起，其声也哀
在疏朗的枝干上盘旋流离

我透过天目琼花的虫洞仰望
天空蓝得让人绝望
巨大的悲伤突然袭击了我的真身
直到遇见那棵发光的柳树
像神一样重新爱上我

[万物皆有裂痕]

一株苦荬长在江边垛口的裂隙里
露水滚动有清澈的镜面

当垂柳丝绒般的幕布被风徐徐拉开
光照进来，涂抹她纤细的手指

她在自己翡翠般透明的肢体上弹钢琴
从镜子里获得勇气和喜悦

关于海的历史（三首）

◎王兴程

[关于海的历史]

一排排的海浪迎面而来
所有的水在前呼后拥地奔赴海岸

当海水退去，沙滩重新成为一张白纸
大海，又一次开始了重新书写的历史

[石 壁]

把一块石头凿空，交付给大海
用来收藏一盏渔火，一片蒲草
用来收藏一场来自太平洋的台风

在大海的中央
它还可以让一潭清水，修炼得波澜不惊
它还可以让几条无所事事的鲤鱼
躺在一小块悠闲的水域里
倾听着大海的涛声

[在岱山岛我扔出了一个漂流瓶]

省略了姓名和性别
只写下了一串手机号码
在岱山岛，我扔出了一个漂流瓶

一个瓶子在大海中漂泊的时候
我们早已在人海中漂泊
比一只瓶子尝到了更多的苦和咸

如果你能拾到这瓶子
就一定能找到我
可找到了我
又有什么意义呢

不是每一个漂泊的命运
都有相遇的可能

也可能这个瓶子沉入大海
成为礁石的一部分

也可能你拾到这瓶子的时候
大海已经干枯
也可能那时所有的电话
都是一个空号

云上的夜晚（组诗）

◎王峰

[一束光指给我看]

没有一朵云的净空。阳光正好
我凭窗独饮蔚蓝

一束来自天外的光，身着透明夹克
穿过我深色的眼镜片

它喜欢被攥住。它折叠，它弯曲
像腻在妈妈怀里的皮孩子

蓦然：恍若走进某世纪的一个梦境
这束光指给我看——

远山连着远山，没有一户炊烟

[群山]

群山沉睡。像宇宙之海
遗留下的鲸落

碑岩林立。又像众仙家
散场丢弃的一副烂牌

它们覆盖着白雪的棉被
它们做着云霞的梦

万顷葱郁洒满透明的爱

我俯瞰群山。发现自己
也处在青石眼睛的中央

仿如一颗白昼的流星
已经迷茫到没日没夜

呵，古老的群山
你持续沉默！

或许曾经：
人生和我一样无法言说

[云上的夜晚]

有些时候
我的夜晚是在云上度过的

寂静　深邃
像坐在一眼井里

井口有群星闪烁

井底有灯火隐约

而我不喜欢怅惘

只希望和井水一样
能够自我澄清一下

[海岛]

你是海岛：你孤独
像我一个人坐在夜里

你深陷海水
仿如被生活缠绕的忧伤

你和我一样都不会离别：

只会预留一小片沙滩
缓冲各种情感的绝望

灰裙子（组诗）
◎王菊梦

[中秋节]

中秋月亮过节
看不到月亮
下雨
下雨
再这样下去
我心里的月亮

出不了门
别人没有相思
自己也断了牵挂

[我是病人]

看了一档娱乐节目
"我就是演员"
一出即兴的《催眠大师》
神经质、心理阴影
催眠者被催眠
被催眠者的催眠术
压抑需要出口
愤怒需要出口
感情需要出口
催眠术
到底是催眠
还是唤醒

你究竟是演员
还是病人
我看你的时候入戏太深
最后
被你传染

[瘾]

许多年了
每晚
电话十分钟

听妈妈唠叨
电视里播的
杂志上看的
邻居家听的
微信上传的

过去经历的
马路上遇见的
自己臆想的

各种情绪交换
各种起承转合

今天加班
忘了十分钟
夜,深不可测
睡不着

[灰裙子]

我有一条灰裙子
泛着银色的那种灰
经常穿
一天我发现
裙子下摆磨破了
露出了黑色的底线
我就再也不穿了

一次闺蜜到家里来
聊到喜欢的衣裙
说起那条
磨破洞的灰裙子
从衣柜里拿出来给她看
怎么找都找不到那个洞
我觉得奇怪

我更纳闷的是
裙子的下摆多了一只
刺绣精细的黑蝴蝶

难怪妈妈老问我
怎么不见我穿那条灰裙子

荷要带你回家(外一首)

◎易杉

一片片好听的叶子
从月光展开
像命运　那忽高忽低
抖动的眼神

荷花池　或身后的河流
仿佛灵魂的尺寸
一天又一天
深入幸福的轮回
亲爱的
你已在短暂的水中经历了
来世今生

快了　潮湿而冰凉的雨季
锤炼肉身的意志
你头顶闪电　迎接蓬勃夏天
繁花和汹涌的蛙鸣

快了　老光和树上的雷霆
灌溉群山的马蹄
竖起的耳朵　举起生锈的油灯
太阳出来了
荷要带你回家

[满树夏天　为基因结下果子]

太阳伏在荷花上
蝉就要睡了

一滴露水里
有细弱的命运

和泪流满面的鸟鸣

慢慢收拾时间的莲子
爱这被时间洗亮
的花蕊

够了　我们
还有许多群山与大雁的韵律
够了　雨水
成为自由与想象的神灵

一次次孤独
在天空画出衰老的弧形
还要一次面对
满树夏天　为基因结下果子

日落之处

◎沙冒智化

黄昏走向山顶。太小了，远处的山
扛着光的压力。如果没有我们，这片土地
随时成为一片空白。远处的唐古拉山
用拇指和食指捏在中间，戴在中指上
不去近处，我的大，能抵挡我的小
像黑水湖一样，算得上一种宝石
地上的一块石头，计数着来自这里的生活
看着我敲碎的模样，拉着我走入
这个远离尘嚣的旷野。她近于内心
她在这里住过几亿年。宁静和4900米的海拔
超过了大自然的恶劣，胸怀，爱情
冰冷的嘴唇间释放的热量

阔过草海，抵达日落之处。平措的家
是通天河源头。院落里装满了眼睛
看见大海流入天空的渡口
天和地是一体的。山丘和大海是一体的
我在她们的胸口上如此渺小地存在
这时候你看见，夜里行走着爱
你的身体越冰冷，你的心会灼热
绕开夜的光。从你的眼里太阳升起
向世界招手。他是这里的地图
人间的大门。野驴。狗熊。野牦牛
一只鸟的力量，能叫醒天
太阳拿出来给你看
越过自己，这里是人间最大的
出口和入口

忆（外一首）

◎简政珍

针在纤维的缝隙里游走
我在跳动的烛光中
探寻母亲的心事
含糊的语句
被一只失眠的公鸡打断
好像是扣子不合
就将就些吧
之后，我们一齐等待
台风过后的晨光
父亲在墙上的遗照
还未收回笑容
我们彼此安排心情的顺序
有些感受摆在桌上

而桌脚的蛀虫
已早起

[演 出]

在危难的日子里
我们如何调整自己的角色？
先撕下一张脸皮
贴在广告牌上？
或是在荧光幕上堆砌粉墨
扮演一个有心的小民？
或是没有心的偶像？
演一出对得起自己的喜剧？
或是对得起他人的悲剧？
但，且慢，我们要为
这五颜六色的脸谱
打什么底色？

我们是比她更孤独的人

◎林荣

越是在众声喧哗中越想清晰地听到你
我看到你分开人群向我而来
我们在周遭此起彼伏的叫卖声里不说话
只是把身上的尘土轻轻地掸下去
把一颗找不到家的石子放回它原来的位置
我们在一处十字路口
回望依旧拥挤的庞大人群：
一家酒店门口的台阶下

一个年老的乞丐正被年轻的侍者赶开
"她多可怜！"
我把这话说给你，你低低地说：
"我们是比她更孤独的人"

做自己的上游（组诗）

◎范朝阳

[七个水杯]

十年用了七个水杯
可以聚饮，如果它们他日重逢
带柄的三个，一直牢牢掌握在自己手中
水壶是公用水壶。总有一番热心肠
朝向门口，探出优雅的颈子。它将重启
明天，又一次踏水而歌
精力好的时候，我会记着
远一点浩渺一点的事情；精力不够用
我返回桌面，用上铅笔。每个字符，都是
　初相识
习惯喝温开水。茶叶暖胃，生色，也让我的
七君子蒙垢。近日的蒲公英便好
沸水冲泡。作梗的，徐徐舒展它们的广袖
打伞的，散开来，水中如一张网
水面，如一叶扁舟

[又要往白云深处挪一挪]

中午兄长电话来。说是河道改造
两岸农舍，要避让五百米

河的南面三百米，是我秋后
草木依然葱茏的家乡

河湾尽处的天子山
不出几年，会更像扶手宽阔的龙椅

三年前，在天子山对面凤形山
和明月清风一道，刚刚安顿。父亲

一生散淡，不事洒扫。喜热闹，更喜幽静
又要往白云深处挪一挪

[做自己的上游]

每次坐在潇水的源头，都会更加强烈地
想做自己的上游。中年沉疴，下游壅塞
流速放缓，泥沙俱下。以致会在
一个从胸腔逆行而上的念头里
呛水。夜色笼罩，灯揿亮了
沿着下划的波浪线，开始泅渡
双肩是岸，上臂摇成一把橹
书页开合。翻转是夜航船
打开是惊飞的水鸟，熹微里，展平
白色的双翅
到自己的上游取药。这里有澄明之境
让上游和上游汇合，对谈。潇水做上游的
君子，我做上游的大夫
菌苕在一团火焰里打坐。一层一层
褪尽自己的躯壳

[粮 食]

粮食穿过了我
一粒一粒子弹一样穿过了我
床上进食稀饭的老人

一勺一勺
微微发烫的河流
要把他的余生淹没

灯笼河草原（外一首）

◎金指尖

我的左手，是一张床
这是我走在翁牛特旗灯笼河草原
唯一定型的想法

山色青黛，草地明净，风吹雨落的八月
我伸手撩动它们时，手心响起了
泉水的声音，草籽坠地的声音

它们，温暖，闲适
仿佛一场雨度化了我越来越兴奋的呼吸
和几许落入镜子的白发

它们长高的时候，我在变老
我知道，草和水
是留给翁牛特旗最大一笔遗产

比37摄氏度体温更加从容的翁牛特旗
请在我的手心睡去

[芦苇河]

不论枯荣，都有影子相随
不论深浅，都有韬略在身

沿着苇塘河，一群人走在翁牛特
走过羊粪与牛粪混在一起的味道

八月坐在荻花上
太阳拼命为我们添加阳光和柴火

我只希望有一匹马陪着我
也许，马蹄下的闪电会唱情歌

从上游到下游，旅途仿佛一筐白面馒头
时间被我们反复发酵

草籽借着霞光重塑金身
一声吆喝，蝴蝶在我们眼前一闪而过

一闪而过的，不是这些风景
而是，被风扶着的花冠和不肯低头的苇子

它们舔着芦苇河的水面
旗帜鲜明地表达着草原的立场

列 车（外一首）

◎张伟

有时候是光明重现，有时候是大雨滂沱
有时候是长达十余分钟的等待，我们
都失去了耐心，车窗深处出现一个
伏案睡觉的女子，我们心中其实想到
更多的东西，在我们的一生中还要经过
多少次隧洞？这不仅仅是列车要思考的

问题,它的剧烈晃动在表达不满
意味着它的反抗,我们从未意识到
我们都在沉睡,不管是白天还是黑夜
偶尔有一个人孤独地醒来,长长地
看着车厢尽头,或者落在空中
根本找不到重心,他从随身的袋中
取出食物:水和面包。他吃几口面包
喝了一口水,面无表情,他就仰头
靠在座位上,依旧是面无表情
如果你只是在平原中出行,如果你只是
在天空中飞行,你可能并不能体会
这种刑罚。我们都不想说,毕竟它是
微不足道的,但我们又不能无视
如果列车顺利穿过隧洞,我们会给它庆祝
庆祝它的无罪释放,也庆祝满车厢的人
无罪释放

[包 裹]

短信提示包裹尚在途中,我想到的是
包裹在货车厢里,而货车在高速公路上
烟尘滚滚,但来路明晰,去路也妥当
此日昼长夜短,包裹可多行一段,无远弗届
在内部,几百个物件积压在一起,甚至更多
如果我们把它们都理解为偷渡客的话
那就很好地解释了快递员为何总在半夜工作
也很好解释了我漫长等待中的焦虑与同情
焦虑了一个又一个省,同情了一个又一个省
以及转运中心,分拨中心,营业网点等等
最终,在门卫室前,快递员用力打开车厢
后门,它们得以重见天日,喘气,调整睡姿
我看到其中只有一件包裹顺势掉落下来
撞击在地,我想到这是全产业链第一次滴泪
接下来,又有好几件包裹掉落下来,对不起
实在没绷住

南方（外一首）
◎千代

三角梅的夏天
火一样划入我的日记本
翻篇
悸动的肩膀和手背触碰
走过公路，夜晚也
躁动着徜徉滚去
暑夜的热
我们在藤蔓下不停止比画手势
企图描绘一山沙的漂流
如旧屋收音机旁沙哑
的祖母、昏黄的孩子
将日落余热倒了又倒
你说了三遍《沙丘》
《沙丘》《沙丘》《沙丘》
像在说一场连绵不尽的梅雨
被一饮而尽的莫吉托
洗得干干净净

[窗外]

望窗外
阔叶片摩擦出火屑
如你的凝视
绕一个劲上攘
那片绿色，棕色，翻动着红
裹风而来，近处飘一只水蚊
翅膀透明近无
已承受不住地把昨日的阳光
和花瓣溃入一方桌子
抖擞随后逃逸
对面，一只手伸出合上窗帘
闹与静是两只手
交替捂住——听
隔壁噪音鼓动：阴凉上空
凝一团摇摇晃晃的雾
富足、灰暗

有寄（三首）
◎钟硕

[有寄，黄河入海处]

作为一个南方人
我在这里获得了粉碎
怒吼的河水一路向东
轰隆声垂直而上
泡沫起伏，格外阔大
秋风一路向西
浮萍回旋，落叶与枯草
打起巨大的漩涡。我的肚脐
也觉察到了这无尽的旋转
散发出享床笫之欢时才有的空幻
这真是黄河入海最正确的模样
真的，无比正确，没有之一
你当然看不到了，昏厥前
我赶紧写下这首貌似圆熟的诗
还扭曲着脸笑了一下

[有寄,得克萨斯州的巴黎]

蹒跚的光团里,有最小的船只
秋风给了它貌似的绮丽
那应该是爱情的草创期
胶片撒在午夜场
一种大脑以外的饰物
像极了一根永动的彩绸

在大雪封山之前
十九岁的她受到邀请就兴奋不已
船只溶化的音乐,他和她
很多年了还无法分开
包括泪水
直到两个白种人再次打岔
没有他们,她以为那是中国西部的荒凉

[有寄,冬日的富春山]

绕过固定的枝头和断崖
绕不过洛阳的纸
绕不过你
这纸上的雪花
嘴上的雪花
眼里的雪花,名词和动词之间的雪花
你头脑里的雪花
两个人的雪花
水墨之间,黏附于无休无止的想象
你能带走吗?这重新检阅过的雪景

古陶片
散布遗址(外一首)

◎邹 进

巨大枯叶上留下的叶脉
是车尔臣河故道
有水有田,有人栖息
村庄和集镇,也像胡杨逐水而居
大地上芳草萋萋
每条渠道都听从水官调遣
内流河形成的高原湖泊
保存了宝贵的水源
扎滚鲁克,规制巨大的古墓群
来利克勒,俯拾即是的古陶片
定然隐藏着一个繁华的古代城市
又让我百思不得其解
它的建筑群在哪里?城垣
还有神庙,冶铁的炉台
难道我们只能从文字和传说中
了解他们徒劳无益的奋斗?
箜篌空响了两千年
蒙皮的琴弦绷在古今两端
漫步在车尔臣河两岸
如行走在古人的彼岸世界
他们定是一个友好的民族
自得其乐又埋头苦干
耕作的农具亵渎了他们的坟墓
这不该是我们相见的场面
可怜的那缕芳魂
我能用歌声安慰你吗?
且末夫人!神一般的形象

回到你的安迪尔城堡去吧
我看到你正从瓦砾上飞过
身后紧跟着朵朵祥云

[扎滚鲁克木竖箜篌]

拨弄风蚀的垄脊
发出雅丹之乐
扎滚鲁克,一片安详的气氛
死者都在微睡
在墓穴的包厢里
听盲人乐师演奏
状如半截弓背,竖抱于怀
从两面用双手弹拨
藏在乐队靠后的位置
用极美的琶音衬托
色彩性的音色,宛如彩霞
像爱情的纠葛使人动容
在人间辗转千年而绝响
变成了江湖传闻
只能从壁画和浮雕上
看到它的吉祥图样
一棵桃树般若
十里桃花飘落
如同一把木竖箜篌
五百只玄鸟断喙打磨
风沙抚住右弦压颤
左弦泠泠似雪山清泉之声
古车臣河道,又出现水面
蒲草茂盛,鱼群洄游
越冬的天鹅择时而来

箜篌的景象令它们着迷
同样的河流不同处
是由它的泛音决定
且末夫人!你的睫毛似在抖动
两千年一觉,被音乐唤醒
摘下面纱一刻,正月儿高挂
凤回首,惊艳四座

霜 降(外一首)

◎吴虚谷

霜降
繁花面目全非

秋风百无聊赖
就算作一窗画,罢了
何必涂改成绵绵细雨

小桥,每一块石头都望穿秋水
是谁,站在桥上
等春天走来

[清 明]
——写给父亲

十三年前的大雨
告诉我疼痛就是命运

石碑上的青苔
从镜子里长出来。我乱草般的头发
与父亲的大胡子，重叠忧伤

坟前的杜鹃开了
那样的蓬勃
仿佛灵魂

有鸟飞过（外一首）

◎一 羽

不需要太多
一两声穿过睡眠
一两声穿过奔忙的河流
东山如黛，西山禅定
那只点水雀
身负太极两仪

有微凉的东西
挂上落尽繁花的枝条
两条空着的铁轨
挡不住越界的风流
天空一边被飞鸟抬高
一边被浮云压低

我所能见的，那个走远了的黑点
无依无靠，仿佛没入了水中
又仿佛被一排绿柳
送达了彼岸

[我的疆域由此辽阔]

撞击窗口那一瞬，我听见玻璃的疼
掉落的几根黑翎，在空中斜着飞了一阵
似乎是关于生命的一种惯性。然后
轻于它的本体，摇摇晃晃地落入尘土

几分钟的昏迷。它已忘记了惊恐
它目光呆滞，墙角一只蜘蛛张网以待
其中一方至少丧失了食欲
（它们互为食物链吗？）
它要回去，回到一棵树上，一个巢中
（它是父亲、母亲，还是儿女？）

我也要回去，那只触摸过羽毛的手
有了飞的冲动。上下班的路线
多出几条岔道，原来那么渴望
身体里摇曳的河流与旷野
一种去向不明，一种有始无终

食物链（组诗）

◎语 冰

[一 生]

拿起笔
我随手画出的线条

歪斜粗陋
要画出一个规整的圆形
需以你为中心
均匀地跑上一圈
从起点开始
38 度时认识世界
93 度时产生爱情
148 度时诞生宗教
271 度时星球爆炸
359 度时天人合一
一圈
我的生命

[散 场]

散场
垃圾遍地
你的歌声
散落其间

[妄 言]

欲言
忘言
朱砂染尽白头

将行
未行
红尘浣满天涯

今夜
冬眠开始
涂抹镜中的自己
做一条空气的被子
脸上的一丝笑意
是人类基因的一分子

[食 物 链]

拥抱刀锋，向天逆行
物理学意义上，我与你
可分离。但在上帝眼里，
我们不可分割，并且
互为一体。

血肉淋漓，当美人鱼
变成海鲜。海哭了，
一滴泪饱含盐分。
腔肠动物。灵长动物。
杀戮。猎食。繁衍。被捕获。
食物链。人，站在山顶。
波涛汹涌处，海水淡化。
光伏发电。风电。核电。
已无法弥补，石油和煤炭。
在第九维度，上帝的
沙盘推演，地球上的
这堆动物。
夜宵？正餐？
最好是刺身！

中国诗家访谈

Interview

Cao Tang

诗歌肯定是我人生的一部分

◎ 李亚伟 VS 吴向阳

[命运是天定的]

吴向阳：如果当年你不写诗，你觉得你现在是什么样子？不称职的教师，拿腔作调的公务员，成功的商人，或者其他？

李亚伟：每个人可能都对自己的人生样式做过假设。人生会有无数虚幻的白日梦，但是却又从来没有一味管用的后悔药。所以，假设的性质属于娱乐的范围。

吴向阳：那就不妨娱乐一次。

李亚伟：有一次，我和几个朋友一边喝酒一边聊各自的人生假设，其中，我的人生假设最受争议，原因是我的这个假设具有真实的起点和较大的想象空间。事情是这样的：在那次酒局上，我碰到了一位比我小几岁的女士，大校军衔，人很友善。在互相敬酒笑谈的过程中，我和她开玩笑，叫她敬酒得给我敬军礼，原因是：我曾经可能是老兵，甚至可能是首长。还顺便讲了如下的故事。

吴向阳：你似乎并不擅长跟女士讲故事。

李亚伟：我讲的故事是这样的。我十六岁上大学，二十岁大学毕业。毕业那年，几个同学，也是平时一起逃学翘课的中文系的好友相约一起参军。李亚林（名字上看我俩像是两兄弟，事实上也是形影不离的好友）终于在临近毕业那几天联系上了部队到高校招大学生的人，还真的来了两个人，住在学校招待所。在李亚林的带领下，我们好几个同学都去做了登记，只等毕业考试后拿到毕业证，拿到教育部刚开始颁发的学士学位证书，就张开翅膀飞向我们向往的军营。那是1983年6月，我们好几个人在学校拳击队鬼混，同时在一科一科地进行毕业考试。

吴向阳：计划参军这个故事我还是第一次听到。

李亚伟：6月15日，这个日子我记得很清楚，那天晚上我在和女友约会。那会儿学生们的约会非常艰苦朴素，就是在校园内找一个僻静处站着聊天，没多少花哨玩意儿。当晚，突然从院墙上跳下两个人，径直走到我面前。两人穿着军服。那会儿某些军服，比如空军、坦克兵等服装是最时髦的打头，军服之后才是牛仔裤和喇叭裤。来者是数学系的石方和马松，其中一人的手掌上还缠有纱布，应该是刚从足球场那边练了拳击过来。他俩对我女朋友说对不起，找亚伟有事，我就让女友回她们女生宿舍，跟石方、马松走了。

那天晚上我去参加了一场预约的斗殴。这场斗殴的起因是马松白天惹了一帮社会流氓，晚上他招呼很多学生前去参战，我们学校有二三十人，还有西南石油学院也来了十多个牛高马大的西北哥们儿。情形大概是：学生流氓三四十人和社会流氓三四十人各执器械在校园外约架，还没开打，可能是有同学告密，我们这边就被公安捕获，大学生流氓核心成员胡玉、石方、杨洋等逃脱，另一部分核心成员马松、杨帆、李亚伟、尹家成被公安用手枪押送到校园旁边的派出所就近羁押。除领头人马松拘留十五天外，我们几人被拘留七天，其中我一个人是应届毕业生，拘留期间还被剃了光头押送回校参与了最后一科的毕业考试。最后学校对这批学生进行了处分，其中马松、尹家成开除学籍，杨帆、李亚伟记大过，敖哥、小绵羊留级。我在我的尊敬的班主任杨老师、班长李新民及几位同学的帮助下拿到了毕业证书和学位证书——他们趁校方没有反应过来，去把我们班的毕业文凭迅速拿到，并快速地给了我。这中间没人打小报告，我感觉我们班的同学都爱我，都对我好。我算是得以顺利毕业了，但是参军的事情就彻底泡汤了。我们这一群积极要求参军的学生原来不是天之骄子，而是小流氓，部队当然不能招收刚被处罚过的学生，于是我背着处分被直接发配回原籍，做了中学教师。

吴向阳：回乡教书其实是在你所有计划之外的。

李亚伟：那时，部队给大学本科毕业生参军的条件是，我们到部队报到后，将取消原来规定的试用期，直接为正连级。也就是说，我那时如果参军，可能是当时部队最年轻的军官，还拥有那时稀有的大学本科毕业证和学士学位证书，前途非常光明，后来成为诗人将军，像很多唐朝的边塞诗人一样，想起来有点顺理成章。

吴向阳：你没能参军，真不知道是祸是福。

李亚伟：朋友们对我成为诗人将军的思路有争议。按那时我那样的个人条件，服役到现在，熬资历成为将军是有可能的，但关键点是：一、我还是不是诗人？会不会继续诗歌创作？二、会不会成为贪官，中途落马？这两条我都予以否定了，理由是：一、我的诗歌创作在大学期间已经上瘾，我们后来诗歌创作的中坚力量已经形成，与万夏、马松、二毛、蔡利华、梁乐等已经形成了交流程度、互动程度都很紧密的团队。我不仅会继续做诗人，甚至"莽汉"团队也照样会出现。二、我从不贪财，对金钱没概念，绝对不会成为贪官。但争议仍然很大。比如，自由散漫或者好色贪杯会让我犯下别的错误。这样的人生假设可以无边际，可能性也就无边际，真是好玩，是绝佳的下酒菜。

在二十世纪九十年代，我在北京做书商，结交了两位部队的前辈。当时我三十多岁，他们两位比我大二十多岁，一位在报社做领导，一位在大学做教授。我们属于酒友，忘年交，经常一起喝酒，期间我多次暗中唤起做军人的梦想，甚至动过考他们研究生的念头，只是我性格羞涩，也特别怕麻烦别人，就从未向他们提起。

吴向阳：也就是说，你成为诗人是命中注定的。

李亚伟：人生假设是可以有的，也是很下酒的，但命运是天定的，尤其有些重要的东西，它会永远伴陪你，成为你命中的一部分。我想，我不管当初选择了什么职业，诗歌肯定是我人生的一部分。

[《中文系》和"莽汉"]

吴向阳：还记得写的第一首诗吗？

李亚伟：我大概是初中就开始写东西了，写过什么完全不记得。一直到高中毕业，我都有偶尔写写散文和古体诗词的习惯。实际上这不是写作，是一种下意识的学习和爱好。我祖父和父亲都写古体诗词，这应该属于中国人比较普遍的修养之一。但在读初中的时候，我开始接触到和我姐姐他们一起上山下乡的知青，比如我们"莽汉"群体里面的蔡利华，他就是那批知青中的一个。他们好几个知青那会儿都在读俄罗斯文学和黑格尔等西方哲学，当然，主要是读马列。我初中只读了两年，十一岁到十三岁，我开始接触了西方文学，到高中后读到了惠特曼、泰戈尔等。但偶尔发骚，懵懵懂懂写点什么东西也基本上是古诗词，偶有白话新诗基本上就是模仿普希金、莱蒙托夫、泰戈尔等人，写得不好，所以一首都记不起来。到十六岁上大学的时候，我开始学习五四新文化运动的启蒙时期的诗歌，但基本不喜欢，比如徐志摩、胡适等人的诗歌，基本上是新文化革命的外衣，古典诗词的审美。

那时候我们已经会泡图书馆，可以阅读很多西方的作品。但大学期间的写作其实也是学习和模仿的过程，是深入地学习和模仿的过程。我认识了胡玉、敖哥、万夏、马松等一批喜欢诗歌、喜欢音乐的同学，西方现代派的东西在我们这帮人的学习过程中占了主流，古诗词和五四以来的新诗，甚至包括西方的浪漫主义诗歌都被我们在学习中拒绝了。但毕竟是学习阶段，大学期间的写作——我们每个人都有一个大开本的硬面抄，用于誊写自己和朋友的诗歌——自己确实写了不少，但没有一首是自己后来满意的。待写出《我是中国》《进行曲》《老张和遮天蔽日的爱情》，特别是《中文系》之后，我那本金盾牌硬面抄里面的作品遭到了全面的自我否定，以至于后来这个本子因搬家丢失，我一点都没心疼。

吴向阳：你提到了《中文系》。在你早期的作品中，这首诗知名度最高，可以说是你的成名作。在三十多年后的今天，回过头来，你自己如何评价这首诗？

李亚伟：我写出《中文系》时是大学毕业的第二年，还很年轻，二十一岁。那时，胡冬已写出了《我要乘一艘慢船去巴黎》，万夏写出了整整一本油印诗集，于坚也写出了《罗家生》《尚义街六号》，韩东写出了《大雁塔》，杨黎写出了《怪客》。很多人在那几年都写出了那个时代的代表作。你想想，其他行业，比如崔健已经写出了他好多重要的歌曲。我相信，中国当时那些年轻诗人，他们都认为自己找到了一套新的诗歌表达方式，找到了非常新奇的诗歌语言。就我个人来讲，当时我就朦朦胧胧感觉到，这首《中文系》可能会成为中国当代文学的一个重要的作品。现在看来，那时的感觉和实验是成立的，但它并不能代表我后来，尤其是现在的创作水平。

当年我们二十来岁，肯定不会炉火纯青。但是，今天谈到"莽汉"的早期作品，我仍然有赞同这些诗歌的无数理由。比如我自己的《中文系》，它是写大学中文系学生们的生活的，它不仅仅不留余地地讽刺和批判了大学教育，更为重要的是，它以一个较为完整的文本形式，无情地挑战了当时人们对诗歌形式的陈旧认识。在八十年代，很多诗人都具有文本上的开创意义，这里不一一列举。仅就《中文系》而言，它书写了一个时代的部分模样，不仅仅是我一个人诗歌创作的代表作，它肯定也是一个时代文学创作的代表性作品，时间或者是历史迟早会同意。

吴向阳：你谈到了"莽汉"和"莽汉"诸兄弟。我想问一个可能讨好部分人而得罪另一部分人的问题，在"莽汉"中，按照重要性排序，你怎么排？

李亚伟："莽汉"的问题其实简单，按参与"莽汉"的先后顺序就可以了——胡冬、万夏、李亚伟、马松、胡玉、二毛、梁乐、蔡利华，以及后来我们解散、已经没有"莽汉"之后，"莽汉"继续存在于朋友们中间和诗人们中间，这些时期主动或被动进入"莽汉"范围的一些朋友，比如李海洲、梅花落等等，都可以按参与"莽汉"的先后顺序列队。

吴向阳：为什么？

李亚伟：为什么？不同诗歌流派的众多诗人都可以按照两个方式来确认其在那个流派中的位置——这也是文学史常用的方法——供参考：一、参与该流派的先后顺序；二、作品，也即创作成就。"莽汉主义"流派是一个特殊的现象，颇有些得天独厚：从它一开始出现，就天然地聚集了一拨最有诗歌天赋的诗人，在大学期间，也即"莽汉"诗歌诞生之前，我们已经形成了写作团队。团队中我崇拜胡玉和万夏，他们比我写得好，诗人气质和创新意识非常强悍。他们二人也是我们写作团队的灵魂人物。"莽汉"出现时，胡冬、万夏起了开创作用。他们的作品，他们的才华，人、诗人和作品合为一体的先锋精神，也是有目共睹。他们在短短的两三个月时间里，就奠定了"莽汉主义"的形成基础。马松后来在1984年突然拿出一批作品，他的写作风格一下子远离了才刚刚出现就离开"莽汉"的胡冬和万夏的探索范围，给我们的写作打开了其他的可能。说实话，诗歌的灵魂是自由，其创作秘诀也是自由，马松的写作就是使得当时我们的写作探索获得了自由女神的加持。我们看到了每个人成为自己的可能，看到了写出这个时代真正最好的诗歌的可能，看到了诗歌的自由路线——那就是四面八方。打个比方：万夏和胡冬是带来了好酒并组成酒局的人，他们呼朋唤友，但打开酒瓶喝了几杯就走了。还没走多远，马松来了，带来了其他口味的美酒让大家继续喝，他"砰砰砰"开了一桌酒，接着大家一边痛饮一边打开了酒窖，把屋子里的酒喝完了，把酒楼喝垮了，然后全部打开窗户和门出走，到四面八方喝酒去了。

吴向阳：你谈到了胡玉、万夏、胡冬，谈到了马松，但你没有谈自己。你对"莽汉"意味着什么？"莽汉"对你意味着什么？

李亚伟：我对"莽汉"做出了关键性的贡献——这个评价拿给马松、二毛、梁乐也都行。说实话，"莽汉"写作的人数太少了，就那么几个人，但他们的作品随便拿到什么地方都站得住，这个太重要了。1986年由姜诗元和徐敬亚等人在《诗歌报》和《深圳青年报》做的中国诗歌流派大展，汇集了成百上千个社团，"莽汉"从一开始就跳出了普通写作团队的吃水线，在无数个诗歌山头中成为最拔尖的写作实验流派，其最主要的原因就是每一个诗人的作品都是那个时代最特立独行的。当然，现在回头望去，也可以说，没有我的努力，没有马松、二毛、梁乐、蔡利华等人的跟进，没有后来这些诗人那么多实验和探索，"莽汉"可能就是1986年诗歌大展中成百上千个流派或社团里普通的一个写作群体，至今籍籍无名是完全可能的。

1986年，中国诗歌流派大展之后，全国各地诗人玩诗歌流派才开始真正上瘾，但这个时候，"莽汉"已然宣布正式解散，这是我和二毛、马松、梁乐等人的共识，也是当时我们进行诗歌创新实验得出的正确解决方案。自由是诗歌的灵魂，理论是圈套，流派是陷阱。我们玩了一会儿，感觉差不多是嫖客逛了一下窑子，酒鬼泡了几天酒吧而已。不同的是，这个窑子成了后来注定会名垂"青"史的青楼，这个酒吧注定要成为响当当的酒吧，注定会成为很多年之后的诗人们都还能远远地闻得到酒香的一个酒吧。

话说回来，"莽汉"这些作者没有感觉"莽汉"这个流派有什么了不起，有什么与众不同，甚至没有人真正对这个流派忠心耿耿或是爱不释手。他们真的只是玩几个月或者一两年诗歌实验而已，假设这个实验室不叫"莽汉"，叫别的猫三狗四的名字没准都行。但是，这些人的作品，不管放到哪里，不管放到何时，都是站得直、立得住的好作品。打铁还得自身硬，作品经得住人们最挑剔的阅读，作品经得住时间的淘汰——这才是诗歌唯一重要的东西，才是诗人真正可以自信的理由，唯一的理由。

吴向阳："莽汉"，我感觉是一种相互认可的生活方式，而不是一种共同遵循的写作路数。你们在写作过程中有没有相互影响，在诗歌美学上有没有共同的气质？

李亚伟：的确，二十来岁的年轻人生活方式、思维方式和美学趣味都非常容易相互模仿和相互学习，容易被某种观念或时髦的形式统一，并折腾成一个批次的玩具，这是一种真实的状态，因为这是一个学习和成长的年龄，没有谁会相信自己或声称自己在二十来岁就掌握了真理、发明了某种美学。事实上，这也是一个暂时状态，齐刷刷向左或向右看齐都是暂时的。"莽汉"既是当时一种互相认可的生活方式，也曾经在很短时间内成为一种共同遵守的写作方式，虽然它时间很短，短得令人难以置信，但就在那短短的几个月内，出现了不少有质量有符号意义的语言和气质都很雷同的作品，真的是互相模仿、互相攀比、互相培训出来的模样。流行写作都有这样的特质，一个时代的先锋写作往往都是从独创、模仿、流行开始，形成潮流，最后大浪淘沙，走运的一些家伙在流行模式中创作出了非常经典的作品。

吴向阳：就是说，"莽汉"诸诗人，也是，或者曾经是，在相互影响的氛围中写作的。

李亚伟：相互影响——这个其实是很重要的。我相信，中国古代诸子百家都有很严重的相互影响的情况，古希腊那些大佬们也相互影响过，唐朝李白、杜甫、孟浩然的朋友圈，甚至那几个姓王的写绝句写得很好的朋友圈，都有相互学习和影响，文艺复兴那些大师也是。实际上，每一个时代如果大范围出现了某种成果，或某种思想、某种美学获得了丰收，这都是一大批人相互学习、促进的，既有相互模仿也有相互批评甚至相互革命的戏份在里面。没有谁是单个儿的从石头缝里蹦出来的，没有谁是躲着爸爸、妈妈、躲着他的兄弟、姐妹从天上单独下凡的。

吴向阳：中国新诗已有百年历史，我想把它分为前三十年、中三十年和后四十年，如果你从三个时间段的诗人中分别选择你认为最重要的五位诗人，你的选择会是什么？

李亚伟：中国新诗写作肇始迄今足足有一百年了，刚好三十来年一段，按政治格局的变化分成三段也是可以的。中国近现代的主基调就是每一阶段都完全归化于时政的变化。如果这样的话，那第一个三十年，也就是1919年（实际上如果从胡适的第一本诗集《尝试集》出版开始，是1920年）到1950年，这段时间是打倒文言文写作，否定古文写作，否定古典诗歌写作的时期，当然也是新诗探索和学习成长的时期，这个时期的胡适、郭沫若、闻一多、穆旦等分别进行着文体、语言的革命和探索，他们胜利了，绝对地胜利了。他们使古诗词写作成了边缘文体，新诗顺应世界潮流成了主流写作。当然这个胜利是经无数人的努力实现的，包括流行的热闹的徐志摩、戴望舒等以及更多的寂寞的探索者。这个时间段，诗歌写作和整个文学探索出现了当时的时代特征，这就是左派文学和右派文学，这是学习西方文化所必须被受精或遗传的DNA。又三十年，艾青、洛夫、郑愁予等分别从各自的位置，进行着进一步的新诗探索，可以说呕心沥血，延续着新诗的探索。后面四十年是从北岛、芒克他们开始的。这会儿应该没有什么名额。"今天"打开了新的局面，左派或右派的写作可能还存在于社会，但很明确的是，这样的写作在"今天"出现之后以及接下来的诗歌探索中不重要了，或者说基本上显得毫无意义了，诗歌进入了它本来的自由探索的实验和语言的可能性的探索状态，诗歌更自由了，很广阔了。这个阶段谈几个人也是不够的，因为是千军万马自由驰骋的情形，是混乱而有序，杂芜而又清晰的真正创造文体和贡献文本的时代。

吴向阳：你诗歌的精神源头在哪里？

李亚伟：我曾经接受过一次采访，回答我创作过程中受过谁的影响。记得大概是这样回答的：我受到过中国古典诗歌和西方现代主义诗歌、小说等文化精神方面的影响，我接受了五四新文化运动中白话文创作的人文精神和实验精神，但没有受胡适、郭沫若以降直至"今天"出现之后的那些作品的影响。民国时期的诗歌是因为不喜欢，而"今天"是因为当时阅读条件的限制，在我们上大学期间进行诗歌写作实验时，基本上很少读到"今天"的作品，甚至很少读到台湾那条延续新文化运动以来的诗歌创作线路上的作品。当我们，我所知道的，包括我和马松、胡玉、二毛、梁乐、蔡利华等，可以大量读到他们的作品时，时间已经是八十年代中后期了，我们已经写下了不少具有文学史意义的诗歌作品，这些东西没有影响到我们的创作，甚至没有打开我们的胃口。我回答采访时说：对我影响最大的，是我所处的时代，是我们一起成长的同时期诗人，包括我们这个写作团伙之外的很多当代诗人、当时各大学文学社里具有实验性写作精神的诗人。这些交流频繁的同辈，他们的诗歌作品才是对我影响最大的。我相信，对这一代诗人来说，大抵也都是如此感受。

[《河西走廊》和《人间宋词》]

吴向阳：自二十世纪九十年代开始以后，有十年左右的时间，你的作品不多，是写得少，还是不愿示人？

李亚伟：九十年代我下海做生意去了，当时下海很时髦，说是赶时髦也行，因为那会儿的诗人确实喜欢赶潮头；但是，说是养家活口也行，因为我确实算是失业了。我无事可干，成天待在父母家里，二三十岁的人，你说，不干活怎么行？下海是唯一的出路。但下海就是做生意，就是进入一个行业谋生，每个行业都有门槛、有难度，尤其是这种不被待见的民营行业，和在国家单位里待着真的不一样。特别是刚下海那阵，需要学习，需要积累经验、人脉，等等，管你干得好还是不好，总之没有一杯茶、一张报纸混一天那样轻松的工作环境，常常是手忙脚乱。商业经营没学好，吃喝玩乐那一套倒是先学会

了，耽误了很多宝贵时间，也根本没时间写作。当时下海是一个大环境，情形也很壮观，中国多少诗人都在经商，但是你看看，那会儿，有几个经商的诗人在写作，有多少经商的诗人在那个时期写出了好作品？

吴向阳：然后，你就写了《河西走廊抒情》这一组。你认为还是"莽汉"的诗吗？

李亚伟："莽汉"作为一个流派，我们在1986年就宣布解散了。其实"莽汉"写作有一种模式化的语言，那也只存在于早期很短的时间，存在于部分诗人的部分作品之中。我上面说过，马松一开始写作，就带来了很怪异的语言感受，其写作方法非常新奇，把"莽汉"写作指向了其他方向，说穿了，是指向了原来万夏、胡冬文字所表现的那个方向之外的其他所有方向，就是崔健说的"大海的方向"，就是自由的方向。其实，"莽汉"里面你看看，梁乐、蔡利华、二毛和我等不管怎么写，写什么，写成了什么，其语言中、气质中始终有一种东西还是让人会联想起这是"莽汉"作品。也就是说，不管你是否在你的创作中运用了"莽汉"早期的写作手段，只要你曾经参与过"莽汉"活动，甚至只是在"莽汉"的酒桌边待过，你的写作自然会带着"莽汉"气息，真的没有办法。这就是我曾经说过的：不管你愿不愿意，"莽汉"都一直存在，存在于每一个朋友的心里和口中，存在于这些人的生活中。这样看也行："莽汉"诗歌始终存在于它的作者写作的所有文字中。要不然怎么办，我能说不是吗？

吴向阳：你如何安放《河西走廊抒情》在你写作中的位置？能否简略谈谈其诞生过程？

李亚伟：《河西走廊抒情》是我写作中迄今为止最重要的作品。我认为在这首长诗中，我实现甚至超越了我心中想要到达的写作目标。写完之后，我感觉我怎么就真的穿越了那些语言的迷雾，翻过了那么多语句的高山，跨过了不少逻辑的沟壑，其中很多难度应该是无法超越的，我居然感觉完成得很轻松，以至于我有感叹：写作过程中如有神助。没有神的帮助，我写不出这首诗来。

我在写作《河西走廊抒情》之前，去河西走廊一带玩了两次，回来之后决定写作一个关于河西走廊的系列诗歌。先是写出了四首，这四首短诗让人觉得出现了一种新的写作感受，和以前的写作感受完全不一样，同时又感觉到写作难度很大，写不下去了，需要某种文化的支持。我就开始查一些资料，想用古典文化来丰富这首诗的背景，并找到新的可能。在查阅资料的过程中又写了两首，总共写了六首。此时，我知道我真写不下去了，而且明白了写不下去的原因：这首诗歌应该是一个大的作品，它超出了我之前的写作经验，尽管我准备了不少资料，但我明白我要重新找感觉，从别的路线进入，新的境界在某个地方等着我。

吴向阳：我注意到你从来都把《河西走廊抒情》叫作长诗而不是组诗，你是希望强调你刻意布局的结构和二十四首诗之间的抒情逻辑吗？

李亚伟：对的，《河西走廊抒情》是长诗，绝对不是组诗。组诗中，很多单独主题可以并列出现，可以王寡妇出门，哪儿天黑哪儿歇下来。《河西走廊抒情》是一首诗的格局，我在不同的空间描绘和书写，在不同的时间布局，让它们前后呼应，去来勾连，但又回避传统长诗的前后承接等路径。这是一种新的对长诗写作的实验。

吴向阳：你写过一本书叫《人间宋词》，我视作这是你向中国诗歌传统致敬的作品，你从中国诗歌传统中得到了什么？如果有一天你也成为中国诗歌传统的一部分，你希望后来的诗人能从你那里得到什么？

李亚伟：我之前准备得较多的是唐代资料，因为河西走廊的地理景观、历史文化和唐代文化是紧密联系在一起的，并且是绝配。但是我错了，这是一种硬碰硬的融合。

之后我开始一边写作一边研究宋代文化，并且再次进入河西走廊，试图用宋人的视野和情绪去重新体验。

从我后来（前六首以后到全部结束）的写作，细心的读者可以看出，宋词或者江南的某些气质和景象使我在字词上、情绪上，甚至音节上获得了反向的支持，一种深邃的传统文化与眼前的河西走廊的诗意获得了意外的抓扯和呼应，仿佛河西走廊与唐代阳刚、阔大的气场在遥远的历史场景中还远远地有着温和的柔韧的呼应，宋代文化在这样的写作中，如同锚链的牵连，它使得我的诗意在写作中的出发、暂停和远扬随时随地有节制和定力。这是我后来《人间宋词》这部书的资料和感知来历。

这也是我诗歌创作的一个重要心得，在此，我觉得无须多说，我们可以在传统之外生活，可以在传统之中写作。但我们永远是传统的一部分。

[诗、酒，及其他]

吴向阳：现在还在写诗吗？

李亚伟：还写。不光是诗歌写作。开了好多头，同时有几个方向，希望的是每一个作品都能写好。我发现，我完成《河西走廊抒情》之后，有了一个写作习惯，那就是做写作准备。我会从内容到时间都有一个较长的计划，而且养成了反复修改的习惯。所以，现在的情况是，有很多的作品在电脑里，但几乎没有完成了的，它们都处于待修改状态。我觉得这很好，不着急，慢慢来。这不是生意，也不是工作，不需要定点、定时。这是娱乐，哪天弄嗨了就完成了。到一个字都不用改了，交出来才可以算是完成了一项工作。当然，那也就和自己无关了。写完之后，这个东西一旦离开修改的文件夹，它就飞走了。它也就不是我一个人的了。

吴向阳：我注意到你诗歌中"女性"和"酒"这两个意象。"女性"和"酒"分别对你和对你的写作意味着什么？

李亚伟：我当初开始诗歌写作应该是和女性无关的，就是喜欢诗歌这种文化样式而已。一个中国的少年儿童，经常读到唐诗宋词，有一天突然自己模仿写了一首七律或水调歌头，不一定会诞生一个诗人，但沿袭五四新诗的写作路径，有一天一个人开始模仿北岛或者韩东、沈浩波写了一首诗歌，一个诗人就可能真的诞生了。诗歌创作，应该是一种文化遗传，尤其是在中国这样一个具有漫长而又丰富的诗歌传统的国度，我相信不知道多少人都喜欢过诗歌，其中又有多少人都尝试过诗歌写作。当然，诗歌写作又有其青春、浪漫等特性，具有抒发、表达等实用功能，在一些诗人的写作中，女性成为其倾诉对象或表达主体都有可能。具体的爱、茫然的思念和难以驾驭的激情都曾经是不少诗人——尤其是西方浪漫主义诗人那样的写作模式的创作缘由，而且更多的是一个诗人初出茅庐时的缘由。

一个成熟的诗人，他的诗歌里当然有女性因素，甚至有关女性的诗意材料可能在其诗歌中占有重要比重。女性在我的诗歌中看似所占成分不重，但实际上无处不在，她们常常是书写对象，是知音，是读者，是朋友，有神性也有人性，同时也是激情和想象力的源泉之一。

吴向阳：酒呢？是对中国诗歌中诗酒传统的刻意承接，还是对现实秩序的无意抵抗？

李亚伟：喝酒就是爱好，有的人有家传，但我觉得我的酒瘾和诗歌差不多，受同代人影响最大。

吴向阳：如何评价你的酒量？

李亚伟：我的酒量应该是比普通人多那么一点点，甚至比我们所说的酒鬼中的平均酒量多那么一点点，但有时候特别强，感觉喝不醉。比如，有一次和雷平阳、岳敏君、潘洗尘、野夫、张扬等诗人和艺术家去二郎镇的郎酒厂里喝酒，那就是感觉喝到天上去了。当然，可能是因为郎酒的酒好。总之我好酒，但对酒量这个问题没专门研究过，甚至都没思考过。过瘾的东西，不要去研究和思考，去体会更舒服。

吴向阳：在对你的诗歌的评价上，用得最多的说法是"粗野而狂放"，或者"粗粝而尖锐"，我觉得这有点"望文生义"，似乎觉得"莽汉"就该如此。我更多感受到的是你诗歌中的雅致和精细。像"文章比表妹漂亮"、天空"蓝得姓李"这样的语言方式，只能用"下笔如有鬼"来称赞。这些句子是如何找到你的，或者说，你通常的写作习惯是怎么样的？

李亚伟：中国到目前为止就没一个像样的诗歌批评家，或者说就没有一个认真的诗歌研究者，我这里指的是当代诗歌范围。往往是诗人们互相评论的情形比较多，不专业是普遍现象，张口乱说更是常见现象。当代诗歌走得太快，还没有给予批评家或诗歌研究者时间来进行学术上的阅读。当代诗歌很热闹，但缺乏批评，缺乏研究，主要的原因是缺乏阅读。

吴向阳：我特别赞同你说的中国诗歌"缺乏阅读"。

李亚伟：如今的中国，玩诗歌的这一块，一个刚学会写四言八句，写点顺口溜，写点口语段子的就觉得自己是诗人了，而且立马学会了和别人互相吹捧，互相称对方为"著名诗人"。

吴向阳：凡诗人，必"著名"。

李亚伟：很多会混的人，没玩几天，就真的到处开会朗诵去了。你看看那些各地连绵不绝的诗会，满地的著名诗人，有的土得裤子都是歪的，有的二得走路都走不直，都是著名诗人。其实，这些人真的连什么是当代诗歌压根儿都不知道，什么是真正的好诗他根本没见过，见过也不知道，读了也不知道读到了什么。这些年不是流行写美食小文、拍美食视频吗，你看看，你看看好多吃货，确实真能吃，真敢吃，诗歌界也这么回事，到处都在弄事儿，到处都在瞎混，都吃了些什么不管，总是满桌满桌的整，什么是美味，什么是垃圾没人去区分。还垃圾分类，我看是好诗人和差诗人最应该分类，但也最难分类。这些年，诗人的作品更难分类，垃圾太多。其实，这都是诗人们自己的问题，他们只有制造垃圾的能力，没有区分好歹的水平。五十元和一百元他一眼能分清楚，但诗歌和散文他看不出差别。

我参加过一些诗会，看到满地走着各种样式的著名诗人，操着各种口音的前卫诗人。他们有的甚至还学会了穿奇装异服、蓄胡子、留长发、扎发辫儿，都真诚地谈着诗歌。我怎么都听不清楚他们在谈什么，只感觉一只只蛐蛐儿、一条条蚯蚓，还有什么蚂蚱、蝈蝈都在开会，互相吹捧，青蛙、鳝鱼等等呱唧呱唧在浑水里互相颁奖。

（**吴向阳**：哈哈哈，跑题了，你没有回答我的问题，但我觉得你"借题发挥"说到的这些现象，比回答我的问题更有价值。）

诗歌地理

《草堂》走进温岭·"温岭教育作协"小辑

Geography Of Poetry

阿根的诗

[落叶一样的母亲]

不知等了多久，恍惚间
手术室的门开了，一辆推车缓缓而来
母亲平躺着，脸色苍白，双目微合
像平静的湖面，飘来一片落叶
无言，横在我的面前

避开来往行人，通过曲折走廊
从一个电梯，到另一个电梯
从一幢高楼，到另一幢高楼
我小心翼翼，生怕一点点颤动
就把眼前的母亲震落下来

病房到了。我抱起母亲
一点一点，往病床挪
我发现，落叶一样的母亲，比落叶沉
因为落叶没有血肉，落叶没有
悄悄咽在肚里的眼泪

[石头]

它不同于一块金子
没有光，没有妖娆的黄

铺在路上，是垫脚石
沉在河床，有浑圆的窝囊

石头也会被运走，从甲地到乙地，路途遥遥
卡车颤颤巍巍，而它不喧哗，不抗争
有大限将至的宁静

颠沛流离，或者玉石俱焚。石头的命
总是交给火药和各种坚硬的器械
石头对这个世界充满信任

而世界不知，它的铁石心肠，是否隐忍裂缝
一次次，你只看到它闷声不响
一次次，你只看到那石火电光般飞溅

阮更超的诗

[雨西湖]

从钱塘江赶来，从东海赶来
从凌晨的太平洋赶来

无数异乡者奔赴一个湖
如同接受一只大手的推搡

它们结阵，用白色涂抹回忆
一些农耕时代的湖水

这里，所有的天空都有皱纹
所有的山脉和浪花一样高

这里，流过的人影
都千方百计地制造微笑

而撕开的产品缝隙以及疼痛
从水晕中进入暗流

[雾]

阳光攻破大气层
被地面的一层雾阻滞,围城开始

白色城池中隐居着草木
以及缓慢的根须
一辈子待在一个坑里

城中埋伏着田野、白雪和抒情
所有不可恢复的场景
把水汽的蒸发当作沙漏

白鹭如同箭矢,射向空中
白色消失,路灯和早晨一起熄灭
其实,阳光围剿了我的眼睛

李虹的诗

[时间从不多看谁一眼]

那个午后,你穿着格子衬衫
脸上笑容,仿佛一贯不变的公式
我依然像小时候一样称呼你"老古板"

我们客套寒暄
一壶三泡台,从热气腾腾
变为寡淡无味

你谈起操持有度的妻子
也聊及可有可无的工作
那时,阳光始终在窗外转悠
蝉鸣也一直是聊天的背景音乐

二十岁时,你已经活成四十岁
四十岁时,你还是四十岁
你直线前行,目不斜视
从不多看谁一眼……

[地下通道]

穿过地下通道去坐地铁,
他弹着吉他,随意歌唱。
胡子拉碴,头发蓬乱。

我突然被他吸引,
听他,一首接一首地弹唱:

——离别与慈悲……

我想我应该伸出援手
放在他面前

但在地铁出口处,阳光
还是把我的眼睛刺出了泪。

麦斜人的诗

[这样一个方言词]

西瓜籽，他们喊作娘
橘子核，他们也喊作娘
还有南瓜娘，豆荚娘，橙子娘
……
他们如此虔诚
面对亲手种下的作物
结出了果实，吐出了心

[在绿皮火车的夜里]

在南方的某个医院
我多次试图进入父亲的肺部
像查看地图一样
去审视那些布满阴影的胶片
去探查铁轨一般密布的黑迹
去聆听一颗六十多年烟龄的胸腔
那沉闷而发霉的旋律
也想起他一遍遍讲述多年前
一个十二岁的少年，学会犁田
也学会在牛尾后点起一团烟雾

此刻，凌晨三点
绿皮火车穿过腔肠一样的隧道
我想起父亲，如同欣赏一个老拳王
踉踉跄跄的醉拳步伐
每一次挥拳出击
都会伴随一颗胸腔的哀鸣
努力刹住每一次趔趄
不过是为了撑到终局的点数

赵佩蓉的诗

[中秋记事]

欢迎辞已经准备妥当，草木弓着腰身献上
落日像一个踉跄的醉者，一步一回头
蟋蟀的低声部合奏把夜的帷幕拉开
无数星星跌落，照亮了潮水的面庞
击节饮酒者把一些回忆反复擦洗
他们的诗兴如初生母亲的乳房般饱胀
临水的美人，将天窗打开
扯起的陈年旧事上缀满潮声
而钟情暗夜的人，以渔火濯足
在三角梅下种植关于远方的梦

水涨了，水又退了
一轮圆月，泊在杨柳湾的眉梢上

[锦屏湖观荷]

春天的马蹄还未走远
滂沱的油绿，从湖面溢出来
五月的雨水，唤起风荷轻举
那茁壮的快乐，堤岸怎么也拦不住

阅斜阳无数
一只蜻蜓在荷叶上打坐
轻盈的身子托起人间悲欢

潮声在远处涨落
十月的风霜将如期熄灭红焰
荷腮边的泪将滴水成冰
岸上朝拜的人
打捞一湖暮色，也钓起几许闲愁

牧童的诗

[站在老家山坡上]

阳光明亮的周日,我
站在老家山坡上
看见村庄的公墓

我父亲住在西北角
紧挨其旁
一个是校长
一个是老支书

还有一个挡在前面
是他生前的仇怨

现在,公墓很安静
他们和谐地站着
一同晒太阳

[猫]

当我寂寂地爬进夜的床
群山开始打鼾
一只猫,蹲在墙头
观看尘世的风景

这不是它的世界
它的世界有草有树有耗子
这里没有鱼
所有鱼都已游进了银河

一盏灯在转角兀自亮着
站成疲倦的哨兵
一只猫攀上墙头
孤零零地
守着自己的影子

解忧的诗

[踏 青]

独自一个人驾车
将肉身置身于山林之间
四周的宁静以及青山的烟雾
勾勒出一个漂移的灵魂

一棵棵树静立在路的两旁
他们以这种姿态失语在绿水青山之间,毫无怨言
我开始敬仰他们的淡定,他们一定是在参禅

一路上,灵魂随着浮光里的青色不断流转
路的尽头
唯有一堆青冢在静听陇头流水

[彼 岸]

鸡山岛的礁石,就矗立在彼岸
像一座爱情的纪念碑
彼岸相见,是前世今生的约定

而现在我只能和我的兄弟相约
巨浪盖顶,我像是在海里行走
海,已经把世界分成两个部分
一个在语言里,一个海里

我突然觉得所要到达的彼岸
是一场宿命般的泅渡
彼岸一直都在,只是前世的爱人已经无法
　在同一条船上

觉点的诗

[笼 罩]

两只灰褐色老鼠
露出两颗狡黠门牙
床头柜上下攀爬

斑驳床单
残留冗沉气味
树藤钻出铝合金窗
衣架影子返回墙面

旧木抽屉摇摇欲坠
散落红色离休证
一只老鼠闻见
假肢硅胶散发的廉价气息
另一只老鼠目睹
一个生锈的金色弹壳滚落门角

木抽屉在斜阳最后的余光中
自由坠落
闷声中散落了无数灰尘
无法细叙每一粒的情绪

一只老鼠逃离
一只老鼠砸伤
锥形的鼠身在抽屉底部抽搐
屋主人定格于黑白相框
疏淡的月色升起
轻盈笼罩

[窒 息]

绿皮火车
开往北方
停靠在蔡家埠头
人们还在沉睡

水至脚踝
水过椅子,桌子,跃出窗外
顺着白石板台阶爬上岸
爬上了山坡

水吞噬低矮处的火烛
半截绿皮车搁浅在裸露水面
断枝勾住白色泡沫餐盒
一仰躺的鞋底漂浮
一老鼠蹲在车厢的小桌板上

男孩摇醒了我
他痴盯着水面
依次呼唤亲人的名字

胡不归的诗

[梅花做证]

山头的梅花开在一月
我的要到二月

距离,少年到中年
坟墓里的你和海

那年我被梅花所伤又被梅花所爱
花瓶里还有被折断的一枝
一抹照在眼里的光亮
我躲在你黑丝云鬟的秋千上
看姗姗来迟的,黑色的春天
一丝一丝地
在我眼前晃动

带一枝抹泪的梅花放在墓碑前
为另一朵已无法再抹泪的梅花
轻轻地描述:一个春天里的盛大
和落寞

[夏布上的春]

需要多么虔诚,才能
安卧在一匹夏布上
苎麻会悄悄冒尖刺破平静
萌发绿油油的梦幻,喊醒村边的小河

脱胶,漂白,刷浆,织造

先人的智慧就这样一层层打开
鸟鸣和繁花镶嵌,春风里
倾泻成一条条细腻柔顺的瀑布

瀑布喧嚣,吐露乡民一生的隐秘
盛放一个春季,虫语草喧,勃勃桃源
和着节拍上溯千年,像极了被捶打过的蝉翼
晾晒在目光丛林
等待某一个主人前来认领

织布机的广告叽叽喳喳,如清泉
吐出云彩般的气泡
驮着我飞升而上
看一张夏布如何包裹整个春天

李轶贤的诗

[四月]

与北来的燕子倾诉一冬的思念,
与江南微雨来个惊喜邂逅,
与桃花合个影,
与樱花握个手。

唉,四月,
在小莺的叽叽喳喳里,
我紧闭的心窗慢慢打开了,
乱蓬蓬的心事一个一个跑了出来。

唉，四月，
我那些乱蓬蓬的心事都哪儿去了？
你，可曾碰到？
你若碰到，要告诉我的哦

也许，我那些乱蓬蓬的心事，
都化作了一江春水暖，
一头白云闲，
一帘幽梦长……

[在布袋山]

在布袋山，我只愿化身为一只鸭子
体态健硕，灰羽毛，或者花羽毛
拍拍翅膀，挠挠脖子
时而浅凫，时而深泳

常常数着天上的星星
看着星星掉进透明的溪水里
我着急地用嘴一啄
星星又溜回天上去了

常常好奇
溪水对面的古村落
为什么这么别致这么美
古村落前的阿公阿婆
脸上长满褶子啦
为什么晒着太阳，一脸幸福地微笑

刘新文的诗

[向下的力量]

母亲全身遍布受力点
二亩薄田
四间瓦房
六口之家
种种向下的力量
在她柔弱之躯上
保持着宗教般平静
如今她长眠山野
身上依旧擎着一丘黄土
这大地最潮湿的部分
以及墓碑上十个名字
她带着的分量最重的家当

[在成都吃川菜]

一个川人就是一枚辣子、一粒花椒
一家川菜馆就是一条红油汛期的蜀地江河
在成都吃饭，说要微辣
服务员端上的却是1997年重庆直辖后的四川
噫吁嚱，辣乎麻哉
使人见此凋朱颜
在二荆条中侧身胁息
在豆瓣里抚膺坐长叹
饮尽1419条大小河流
无师自通变脸与喷火
最终，我的斯高威尔
如同浩荡的金沙江
逶迤1375公里，汇入长江
"锦城虽云乐，不如早还家"

依兰的诗

[紫阳街的落日]

古老的城墙下
我逆着风慢慢地走

落日晕染了黄昏
我和你披着霞光，擦肩而过
从街的这一头到街的那头
只有影子知道
我们曾有的交集

有人拍照留念
有人呼朋引伴
也有人放歌，唱响暮色

人来人往的喧嚣里
我独自坐上晚霞，托起落日
看古老的紫阳街
在红尘里穿梭

[四月]
——致去世的祖父

又是一年四月啊
从你离开，我才知道：
梨花落下，就是清明

沏一壶茶
独坐春风里
夕阳一寸一寸地西斜
影子伴着孤单

热茶早已冷却
倒映着旧时容颜
梦醒何处寻

有泪划过黄昏
满地的残花
零落成泥说不得

艾草的诗

[磨破了的鞋底]

一开始，
谁也不知道这鞋底破了，
连我自己也没有发觉。
直到有一个雨天，
瞬间地上的雨水漫延到我的鞋里。
那一刻我才明白，
这双穿了很久的鞋子，
鞋底已经被平常的日子磨破了。

这多像成年人的伤啊。
那光鲜亮丽的表面下，
谁又知道，
藏着怎样无以言表的痛？

[看星星]

好久没有那么认真地看星星了，
城镇的星星们，都不知道躲到哪儿去了。

在古城的上空。
夜空高远澄澈，
漫天的星星啊，
漆上了你眼睛的颜色。

星星们在叮咛，
我们坐在屋顶上，
像极了一群孩子，
擦亮了自己的眼睛。

梅子的诗

[温暖的字眼]

暗黑被身边的孤独喂养
整夜飘浮着，停顿在这本书
看不见的一部分里

寡淡的相逢像极昙花
在抵达之前
还没开始酝酿就长出翅膀

如期而至只是一种假象
搁置起来的言语
在漫漫长夜中迂回

温暖的字眼需要用
一朵花的凋零
唤醒记忆

[随 性]

如果再随性一点
岁月失去尖锐，落花失去激情
时间也失去向前的延伸
堆砌的词句落入山沟
你独闯这是非之地
玩泥巴，捉泥鳅
或是去村外桃林的停顿
相关细节，流淌着温度与热度
吵闹、亲昵，相互交集

落日失去一贯的坚持，晚霞
失去光泽，口舌也失去柔软的尺度
只是，说理大于青春期的诱惑
锁住了短暂的口是，却
锁不住那颗澎湃的心
那共处一室的暧昧
在暗火中演绎，备注
一切随性
铺陈与日常波流之中

赵文斌的诗

[观海记]

一层浪，又一层浪，汹涌成
排比句。如此
慢慢抬高堤岸
那盛满声音的海洋

被白云轻轻挪移过位置
只要你晃动胸肌，或腰部
蓝色忧郁起来、振荡起来、富裕起来
走过铆满牡蛎的层阶
包裹过火的蔚蓝啊
现在又包裹起水

在漂动的蓝色面前
我被风蛊惑成一个小男孩
成熟，且忧伤

[去梅溪]

前往梅溪的路很长
几乎踏破去年寻花的梦
古道的兴衰与我无关，与
捣碎溪水的村妇无关
一两声鸟鸣，我早忘却一个人
她曾献一两首唐诗给流水
十里溪声，在源头将瀑布掖起来
怕我们冷，会跑回到唐宋
回到她的一袭裙裾，回到李花
回到那一卷唐诗的韵脚

到梅溪，不必多虑
把烦心杂事掷进鱼腹
摘下一朵花
取走她的哀怨

丁海明的诗

[蒲公英]

在一个乍暖还寒的时候
在一个波光粼粼的湖水映衬下
朵朵蒲公英从地底下钻出来
羞涩地写好
一封一封春天的信札
挂在朵朵花蕾中
让风迎面吹走　于是漫天飘舞着春的气息
温暖的阳光迎合着花的姿势　在拍打着蒲公英们
幸福的蒲公英们　和着喃喃细语的鸟鸣
在大地上幸福地一次又一次地打着滚

[飞在异乡的白鹭]

我眼前的白鹭
在一条小河里低头认真地饮水
水面波光粼粼　岸上有鸟语花香
它们在认真地饮水　姿态悠闲又优雅

这些白鹭就是一支支画笔　在天空的幕布上
轻盈地写尽惬意　优雅的线条如变形的精灵
衔着白云飘　又牵着波浪随波逐流
想起了故乡有一个梳着圆髻的牧童横笛斜吹清明细雨

白鹭啊白鹭　我故乡的白鹭
你们不辞辛苦地千万里飞行
栖息在异乡倒垂着柳影的小河边
优雅地饮水　饮尽我梦里的袅袅炊烟

李永康诗选

◎ 李永康

[村 居]

昔日篱笆何处觅,登楼望远了无痕。
燕归几度还迷路,上下翩飞学认门。

[深秋行走金马河]

一
听风枯叶落,漫看水长流。
金马今何在,芦花亦白头。

二
游人皆不识,乌鹊唱情歌。
天阔云无影,河宽月涌波。

[凤溪河抒怀]

凤凰中夜久徘徊,可是梧桐嫩叶开?
凫雁呢喃交颈悦,涓涓溪水入怀来。

[清水河吟]

芭茅摇曳比婆娑,白鹭含姿戏浅波。
昔日村姑浣蛙腿,至今河水会山歌。

[微雨游鲁家滩]

微雨驱车鲁家滩,记忆深处五味翻。
当年还是水凼凼,何日江南巧搬迁?
湖面如绸影着色,白鹭亮翅上青天。
芭茅摇曳似迎客,狗尾垂珠内心欢。
但闻人语不见人,薄雾如纱挂树颠。
闲庭信步频拍照,朋友分享如近观。
景色不美人不去,人多又觉心难安。
世事从来无绝对,好坏犹在一念间。
心静处处得佳境,浮生几许半日闲?
堪效陶潜夫子意,欲出樊笼返自然。

葛勇诗选

◎葛勇

[与诸友宿九州驿栈]

涉园成趣日徘徊,轻软松针覆碧苔。
槛外朝云随雁去,檐头暮雨报秋来。
莫言避世原聊尔,小住看山已快哉。
更值菊花堪采撷,相邀诸友共传杯。

[游园]

冬来不必叹萧条,老竹千竿撑碧霄。
曲径人稀风簌簌,空阶鸟踱步摇摇。
简明似看云林画,清冷如闻白石箫。
忽忆前宵飞大雪,梅花香到五亭桥。

[佳欣君赠枇杷]

朝朝伏案忘年月,谁采枇杷色似金。
几颗争尝甘若蜜,一春将逝感于心。
可能野陌花犹艳,到底清游力不任。
谢子分鲜慰贫老,故将新句作长吟。

[寤堂兄过金陵]

春阳一夕散轻阴,更值君来喜不禁。
曾共艰难长顾我,能无感激载于心。
各千里远风尘苦,将百杯时星月沉。
灯火满街重别去,明朝珍重过遥岑。

[过松林湖]

又听松风起,依稀带哭声。
慈亲无尽泪,逝者不甘情。
摇荡湖波碧,参差蒿草生。
当年围看处,今已少人行。

何革绝句

◎何革

[马尾瀑]

鞭出危崖遍体痕,飞珠溅玉下瑶津。
好凭尾上千斤力,来扫人间百丈尘。

[红月亮]

亦遮亦染影朦胧,万古清纯一扫空。
堪叹生花添彩笔,今宵粉饰到蟾宫。

[阿斗柏]

(传阿斗被解入洛阳时曾于此树下避雨,后百姓闻其"乐不思蜀",乃施以刀斧火石,以泄其恨。)

忍辱千年泪已汪,旧痕累累复新伤。
劝君休作不平恨,人世终需替罪羊。

[街头小坐柳花纷落于身]

岁月催成两鬓丝,风光自在散闲时。
杨花我爱轻如雪,便落满头人不知。

[夜行湿地公园所见]

舞榭香车俱已空,明灯几盏照寒虫。
我添白发屋生草,人物凄凉处处同。